浪人若さま 新見左近
決定版【二】
雷神斬り

佐々木裕一

双葉文庫

目次

第一話　魔薬《まやく》　7
第二話　お琴《こと》の危機　86
第三話　雷神斬《らいじんぎ》り　160
第四話　鳴海屋《なるみや》事件　220

徳《とく》川《がわ》家《いえ》宣《のぶ》

江戸幕府第六代将軍
寛文《かんぶん》二年（一六六二）～正徳《しょうとく》二年（一七一二）

寛文二年（一六六二）四月、四代将軍徳川家綱《いえつな》の弟で、甲府《こうふ》藩主徳川綱重《つなしげ》の子として生まれる。綱重が正室を娶《めと》る前の誕生であったため、家臣新見正信《にいみまさのぶ》のもとで育てられる。

寛文十年（一六七〇）、九歳のときに認知され、綱重の嗣子《しし》となり、元服後、綱豊《つなとよ》と名乗る。延《えん》宝《ぽう》六年（一六七八）の父綱重の逝去《せいきょ》を受け、十七歳で甲府藩主となる。将軍家綱が亡くなった際には、世継ぎとして候補に名があがったが、将軍の座には、叔父《おじ》の綱吉《つなよし》が就《つ》いた。

五代将軍綱吉も、嫡男《ちゃくなん》の早世《そうせい》や、長女鶴姫《つるひめ》の婿《むこ》である紀州《きしゅう》藩主徳川綱教《つなのり》の死去等で世継ぎに恵まれなかったため、宝永《ほうえい》元年（一七〇四）、綱豊が四十三歳のときに養嗣子となり、江戸城西ノ丸《にしのまる》に入り、名も家宣と改める。宝永六年（一七〇九）の綱吉の逝去にともない、四十八歳で第六代将軍に就任する。

将軍就任後は、生類憐《しょうるいあわれ》みの令をはじめとした、前政権で不評だった政策を次々と撤廃《てっぱい》。間部詮《まなべあき》房《ふさ》を側用人《そばようにん》として重用し、新井白石《あらいはくせき》の案を採用するなど、困窮《こんきゅう》にあえぐ庶民のため、政治の刷新をはかり、万民に歓迎される。正徳二年（一七一二）、五十一歳で亡くなったため、治世《ちせい》は三年あまりとごく短いものであったが、徳川将軍十五代の中でも一、二を争う名君であったと評されている。

浪人若さま　新見左近　決定版【二】

雷神斬《らいじんぎ》り

本書は２０１０年12月にコスミック・時代文庫より刊行された作品を加筆訂正したものです。

第一話　魔薬《まやく》

※

お峰《みね》、実はな、そなたに言っていなかった秘密が、おれにはあるのだ。

おれの正体は、次期将軍の座をかけた争いを避けるために、仮病《けびょう》を使って根《ね》津《づ》の甲府《こうふ》藩邸に籠《こ》もっていた、徳川綱豊《とくがわつなとよ》だ。

そなたと暮らすはずだったこの谷中《やなか》の屋敷は、家老であり、おれの育ての親でもある新見正信《にいみまさのぶ》が用意した物だ。

おれの暗殺を警戒して、用意してくれたのだ。

お峰、そなたとの縁談は、新見の父上が世間の目をごまかすために仕組んだことだ。徳川綱豊の縁談ではなく、谷中の屋敷に暮らす新見左近《さこん》の縁談としてだ。

だがこれだけは信じてくれ。おれは、幼《おさな》い頃からそなたのことを思っていた。

叶《かな》わぬとわかっていても、正室に迎えられたらどんなにいいかと思ったほどだ。

そなたたち姉妹と初めて出会ったのは、新見の父上に連れられて岩城雪斎《いわきせつさい》先生の道場に行った時だったな。

甲斐無限流《かいむげんりゅう》を同じ師に学んだ新見の父上と雪斎先生は友であり、義父上《ちちうえ》は時々雪斎先生の道場へ出かけては、手合わせをしていたのだ。

そのあと、二人は決まって酒を飲み、長話をするものだから、おれは義父上を待つあいだは泰徳《やすのり》と遊び、時には近所の悪がきを相手に喧嘩《けんか》をしたものだ。

覚えているか。泰徳が、妹ができたと言って、そなたとお琴《こと》を紹介してくれた日のことを。

おれはまだ八歳だったのだけれど、そなたを見た時の衝撃は、今でも覚えている。そなたはひとつ年上とは思えぬほど大人びていて、華麗で、気品があった。

お琴は、ふふ、つぶらな目でおれを見上げて、抱っこ、と言って両手を上げていたよなぁ。

泰徳ときたら、お琴にいつも抱っこをせがまれて、弱りながらも言いなりになっていたな。

あの頃は、そなたとお琴がなぜ雪斎先生の養子になったのかなど、気にもしていなかった。

理由を知ったのは、そなたとの縁談が決まった時だ。

小姓組番頭《こしょうぐみばんがしら》、大身《たいしん》旗本五千石の三島《みしま》家に生まれたそなたとお琴は、両親に可愛がられて育てられたと聞いた。

父、三島兼次《かねつぐ》殿が政敵に敗れて切腹を余儀なくされてしまい、両親と家を喪《うしな》ったそなたたちは、母方の実家である岩城家に引き取られ、娘がいなかった伯父《おじ》の雪斎先生にたいそう可愛がられ、何不自由なく育てられたと聞いたのだ。

おれたちの再会は、新見の父上の使いで雪斎先生に届け物をした時だったな。

その時そなたが、お茶を持ってきたのだ。

義父上と雪斎先生が密《ひそ》かに申し合わせていたことなど露《つゆ》ほども知らず、おれたちは久々に対面したのだ。

おれはな、お峰、そなたのあまりの美しさに見とれてしまい、その時なんと声をかけたのか覚えていないのだ。ただ、顔を赤らめてうつむいたそなたの甘い香りは、今でも覚えている。

あの時は、まさかお峰、そなたが病《やまい》に倒れ、このようなことになろうとは考えもしなかった。

最後は、病がうつるといけないと言い、会ってもくれなかったな。でも、お琴があとで教えてくれたのだ。ひどくやつれた顔を、おれに見せたくないと言っていたそうではないか。

だからな、お峰、おれは今でも、瞼《まぶた》を閉じてそなたを思う時、美しい笑顔しか思い浮かばないのだよ。

お峰、そなたが最後に残してくれた手紙には、お琴を頼むと書いていたな。妹と思うて見守ってゆくつもりであったのだが……。

おれは最近、どうしたらよいか迷ってしまうことがある。身分のことではないぞ。そうではないのだ。

このおれの、気持ちの問題だ。

お琴を思う気持ちが、そなたを思う気持ちに似ているのだ。そなたを生涯思い続ける気持ちに変わりはない。それゆえ、お琴を見ていると、そなたと共にいるような錯覚《さっかく》に陥《おちい》る時があり、胸が苦しくなる。

お峰、おれはどうしたらいい。このまま、お琴のそばにいてもいいのだろうか。

聞こえているなら、なんとか言ってくれ。

夢枕でもよい。そんなことはだめだと、叱《しか》ってくれないか。そうしてくれたら、お琴のことを妹として思えるようになるはずだ。

ちりん、と鈴の音が聞こえたような気がして、新見左近は目を開けた。

手を合わせたままお峰の位牌《いはい》を見るが、何も変化はない。

短くなった蠟燭《ろうそく》を替えようとした時、仏壇からはらりと白い物が落ちた。

見ると、お峰が残した手紙である。確かに引き出しに入れておいたはずなのに、畳に落ちている。

拾い上げようとすると、どこからともなく風が吹いてきて、手紙がはらはらとめくれた。そうして、お峰が最後に書き記していた言葉が目にとまった。

——お琴を、くれぐれもお願い申し上げます。　峰

「お峰、鈴を鳴らしたのは、これをおれに見せるためか。姿を、見せてはくれぬのか……」

左近は部屋中を見回した。

庭が明るくなり、黄泉《よみ》の国との道を閉ざすように、日の出の穏やかな光が差し込んでいた。

一

「うん、これは旨《うま》いな」

新見左近は思わず笑みをこぼした。

練《ね》り辛子《からし》をちょこっとつけた熱々のこんにゃくは格別な味だ。

「隣の煮売り屋さんで買ってきたのよ。並ばないと買えないんだから」

「ふうん、そんなに繁盛《はんじょう》してるのか」

「このお大根がたまらないの」

お琴は、軟《やわ》らかく煮込まれた大根を口に入れたところで、近所の長屋から通う手伝いのおよねに呼ばれ、熱くてしゃべれないから何度もうなずいた。

「ふぅ、火傷《やけど》するかと思った」

「誰か来たようだな」

「今日は注文していた品物が入る日なの。ご馳走様《ちそうさま》」

およねに案内されて来たのは、元鳥越町《もととりごえまち》の小間物問屋、佐竹屋《さたけや》に奉公する佐吉《さきち》だ。

「これは新見様、お久しぶりにございます」

「相変わらず忙しそうだな」

「はい、おかげさまで」

佐吉は背負っていた荷物を解き、柔らかな口調で世間話をしながら、お琴の前に品物を並べてゆく。

「いつもの品物でございます。それから、今日はこれを見ていただこうと思いまして」

佐吉は簪《かんざし》を差し出した。

「あらきれい、これはなあに」

「琉球《りゆうきゆう》で採《と》れた赤珊瑚《あかさんご》を使っております。櫛《くし》の部分は鼈甲《べつこう》で、少し値は張りますが、今時の若い娘さんには受けがよろしいかと」

「そうねえ、おいくらかしら」

「ひとつ金二分で卸《おろ》せます。売値は一両でもよろしいかと」

「倍は取れないわよ。でも、高いわね」

「珊瑚は値打ち物ですからね」

「うちのお店に置くには高すぎないかしら」

「そんなことはございませんよ。三島屋《みしまや》さんといえば、今や若い娘の憧《あこが》れの店。これぐらいの値段ですと、飛ぶように売れると思いますよ」

「一両もする簪が、飛ぶように売れるのか」

左近が訊《き》くと、佐吉は驚いたように顔を上げた。

「それはもう……何しろ、買うのは男ですから」

「なるほどな」

「試しにひとつだけもらっておくわね。他の品物より値が張るから、売れるかどうかわからないけど」

「ありがとうございます。では代金は、他の品物と合わせてこちらになります」

帳面に書き込まれた金額にうなずき、お琴は支払いをすませた。

「毎度どうも」

「お紗江《さえ》ちゃんはお元気？」

お琴が訊くと、佐吉の表情が曇った。

「はい、それが最近、どうもお身体の具合がお悪いようで」

「あら、どうしたの？」

「先日、風邪《かぜ》をひかれたのですが、あれからどうも……」

「こじらせたの？」

「そのようで……医者に診《み》てもらって治ったと思っていたんですが」

「薬がよくないのね。そうだ、上野《うえの》の北大門町《きただいもんちょう》の西川東洋《にしかわとうよう》先生のところで診てもらったらどうかしら」

「はい、それが……」

佐吉は膝《ひざ》の上に載せた指をもじもじとさせている。

「その、東洋先生には診てもらいましたが、薬が効かないらしくて。お嬢さんが藪医者《やぶいしゃ》だって――」

左近が思わずお茶を噴き出したものだから、佐吉が目をひんむいた。お琴は汚いと言って、顔を歪《ゆが》めている。

「す、すまん」

左近は手拭《てぬぐ》いで畳を拭《ふ》きながら、思わず、あはは、と笑った。

甲府藩二十五万石の御殿医《ごてんい》も、町娘に藪と言われたんじゃ形無しだ。

「天下の名医と言われたお人も、お紗江ちゃんには敵《かな》わないようだな」

左近が言うと、佐吉が恐縮した。

「まったくです。聞き分けがなくて、旦那様もおかみさんも困っておられます」

お琴が口を挟む。

「東洋先生は藪医者なんかじゃないわよ。毎日、大勢の患者さんが押しかけてるんだから」

「ええ、わたしもそう思うのですが、今朝も、薬は高いほど効くと言われて、最初に診てもらった医者に連れていけと、それはもうえらい剣幕で」

「佐吉さんが連れてったの」

「はい。ですが、その薬ときたら、五日分で二両もするんです」

「えッ！」

お琴が目を丸くした。

「二両もするの！」

「はい」

「またそれは、えらく高いな。浪人者には縁がない医者だ」

腕を組む左近を見て、お琴がつぶやく。

「それだけあったら、東洋先生のところだと何十人診てもらえるかしら……」

「そのとおりで」

佐吉がまた恐縮した。

二

「ああ、知ってますよ」

夕餉《ゆうげ》の鴨鍋《かもなべ》の支度をしながら、およねがぷりぷりと怒って言った。

「金持ちしか相手にしないことで有名な、いやな医者ですよう。確か佐久間町《さくまちよう》の……あれ、なんて名だったかな」

「木元宗林《きもとそうりん》だろう」

およねの亭主の権八《ごんぱち》が、おもしろくもなさそうに言った。

「そうそう、宗林先生だよ」

「チッ、何が先生だ、馬鹿野郎」

左近は権八を見た。

「ひどく嫌ってるじゃないか」

「ああ、おれは誰がなんと言おうとでえっきれえだ。だってよう、こないだ大工仲間が仕事中に倒れたんで、宗林のところへ運んだのよ。そしたらあの野郎、人を見くだした目でなんて言ったと思う、金を先に見せろときやがった」

権八が指を二本立てた。

「診るだけで二分だぜ二分。治療のお代は別だとぬかしやがる」

「それは法外だな。で、どうしたんだ」

「そんな金あるわけねえからよ。東洋先生のところへ行ったわさ。そしたらよ、いひひ」

「なんだいお前さん、一人で笑って」

「だってよ、かかあ。茂《しげ》の奴、懸想《けそう》だとよ」

「はあ? 誰に」

「あの野郎いい歳こいて、二十も年下の茶屋の娘に惚《ほ》れてるのよ」

「へえ、四十になる今の今まで、女のおの字もなかったのにねぇ。でもさ、お前さん、それだけでなんで倒れるんだよう」

「一日中ぼうっとして飯も食わねえから、身体がまいっちまったのよ。てっきり悪い病気にでもなりやがったと思ったらそんなことさ。でもよ、それを見抜いた東洋先生は見事だね。ちょっと話を聞いただけで、こう目を細めて、難しそうな顔して言うのよ……そりゃお前さん、誰か好きな人がいなさるね。いい歳なんだからもじもじしていないで、さっさと思いを伝えて乳でも吸わせてもらいなさい。だぁってよ。ほら、いひひ」

権八に肩をたたかれた左近は、口に含みかけていた杯《さかずき》の酒をこぼした。

「そしたらよ、茂の奴は顔を真っ赤にして……あれ、お琴ちゃんは？」

「お前さんが馬鹿なこと言うから、逃げちまったよ」

「だってよ、ほんとのことだぜ」

お琴が鴨肉を持って戻ってきた。

「お琴ちゃん、乳を吸わせてもらえって言ったのはおれじゃないぜ、先生だから」

「権八さんの馬鹿！」

左近は話に釣られて、鍋に鴨肉を入れるお琴の胸に思わず目が向いてしまった。それを見逃さないのがおよねで、目が合うと、にんまりとする。

左近は空咳《からせき》をしてごまかした。

「東洋先生は、真面目な顔をしてとんでもないことを言うな」

権八が左近に応じる。

「でもよ、ありゃやっぱり名医だぜ。茂の奴は先生のおかげで自分の気持ちがわかってさ、思いを伝えたんだから」

およねが驚いた。

「ほんとかい、お前さん」

「ああ、ほんとうだとも」

「で、どうなったのさ」

「それがよ、相手は神田《かんだ》の茶屋のおみつって娘なんだがな、その娘も茂のことを思ってたんだと」

「へえ、親子ほども歳が離れてるのにかい。世の中わからないもんだねぇ。可愛い子なの」

「いんにゃ。醜女《しこめ》だ」

「……まあいいよ。思い合ってんだろうからさ。誰かさんたちみたいに、もたもたしているよりは、よっぽどかいいよ」

およねが、左近とお琴を交互に見ながら言っている。

権八もうんうんとうなずいて、二人を見てにんまりした。

中年夫婦の気迫に押されて、お琴は顔を真っ赤にしてうつむいてしまった。

左近はまたもや空咳をして、鴨肉を口に運んだ。

「うん、旨い」

権八とおよねが拍子抜《ひようしぬ》けしたようにがくりとしたが、今日はそれ以上のことは言われずにすんだ。表で訪《おとな》う声がしたからだ。

「誰かしら」

およねが迎えて、戻ってきた。

「噂《うわさ》をすれば、東洋先生ですよ」

およねの大きな身体の背後から、酒徳利《さかどくり》を提《さ》げた東洋が現れた。

左近に目配せして頭を小さく下げると、

「ちょっと酒を飲みたくなってな。相手がいないからここへ来たのだよ。およねさん、噂がどうしたって」

「今、茂さんのことを話してたところなんですよう。さ、こちらへどうぞ」

「おお、鴨鍋ですか。これはいいところにお邪魔したな」

「先生、まあ一杯どうぞ」

「おお、すまんな権八さん」

「先生、茂の奴、おかげさまでうまくやってますよ」

東洋は杯の酒を旨そうに飲み干してから、そうかそうかと、嬉しそうにうなずいた。

「実はな、権八さん。今日はその茂のことで訊きたいことがあるのだ」

東洋は徳利を持ち上げて言った。

「こりゃどうもすいやせん。ああ、この酒はうめえや」

「伏見《ふしみ》の酒だそうだ。いただき物でな。新見様もどうぞ」

「かたじけない」

権八が問う。

「で、先生、茂の奴がどうかしましたか」

「いや、本人のことではない。奴めの具合が悪くなった時、わしのところへ来る前に、木元宗林のところへ行ったと申しておったよな」

「ええ、行きましたよ。追い返されましたけど」

「ふむ。それでな、あの日、患者の中に若い娘がいなかったかえ」

「若い娘？」

権八が考える顔をして、手を打った。

「あ、いたいた。とびっきり別嬪《べっぴん》の女が」

「そうか、いたか」

東洋は難しい顔をして唸《うな》るように言った。

「その娘がどうかしやしたか？」

権八が訊くと、東洋は酒を含んで、左近に顔を向けた。意味ありげな目をしたあとで、誰に言うともなく独り言のように述べはじめた。

「浅草《あさくさ》の、とある大店《おおだな》の娘さんなのだがな、どうも様子がおかしいと、父親から相談を受けましてな。娘が風邪をひいたものだから、今評判の宗林のところで診てもらった、と。出された薬を飲むと、嘘《うそ》のように元気になって、朝は高い熱があったというのに、昼を過ぎる頃にはけろりとしていたそうな。ところが、十日分の薬が切れると、また調子が悪くなる。風邪がぶり返したと思い、先の薬をもらって飲むと、またけろりと治った」

およねが口を開く。

「なんだか、ただの気付け薬みたいですねぇ、先生。うちの人が酒を飲むと元気になるのと一緒だわ」

「わっはっは、確かに確かに」

「けっ、やっぱりあの野郎、酒を薬だと言って飲まして、代金をふんだくっていやがったか。とんでもねえいかさま野郎だ」

「何言ってんだい、お前さん。酒は酒でも、薬酒《やくしゅ》だよ。普通の酒のはずないじゃないか」

「でも変ね。噂の薬は、漢方の粉薬だと聞きましたよ」

お琴が言うと、東洋が顎《あご》を引いた。

「そう、わたしも漢方薬と聞いているがね。その薬が、回を重ねるごとに値が上がるらしい。初めは五日分で二両。十日分で三両だそうな。ところが、三度四度と回を重ねると、五日分で四両、六両と、二両ずつ値が上がる」

「同じ患者が何度も来れば、藪医者だと噂が立ちますからね。値を上げて、来ないようにしているんじゃ」

「やはりそう思うかい、およねさん」

「ええ、そうに決まってますよ」

東洋は、難しい顔をしたままだ。

「違うんですか、先生」

「ふむ、それがな。わたしにもわからんのだ。相談を受けた日に、父親と店まで行ってな。娘を診てやろうと思うたのだが、はは、藪に診せる病気はないと、逃げられてしまったのだよ」

東洋は後ろ頭を押さえて、愉快そうに笑っていたのだが、ふと左近に見せる目は、裏に尋常でない何かがある、と訴えていた。

三

久しぶりにすっきりと晴れた日に、左近はお琴に付き合って日本橋《にほんばし》に出かけた。

いつもの藤色の着流しに、徳川秘剣、葵一刀流《あおいいっとうりゅう》の継承者として老師から授《さず》かった宝刀安綱《やすつな》を落とし差しにして、人に鞘《さや》が当たらぬよう気をつけながら歩んだ。

背が高い左近が日本橋の雑踏《ざっとう》の中を歩くと、

「頭ひとつ飛び出ているから、いい目印になるわね」

いつだったか、縁日に出かけた時に人に揉《も》まれながらそう言ったのは、お琴だ。

お琴は、青鈍色《あおにびいろ》の生地《きじ》に紅《あか》い牡丹《ぼたん》が描かれた小袖《こそで》を着ている。

晴れた日の日本橋の通りは、お琴のような小粋《こいき》ななりをした若い娘たちが大勢行《ゆ》き交《か》い、華《はな》やかさが一層増すのだ。

お琴が言うには、江戸で一番のにぎわいを見せるこのあたりには、商《あきな》いに生かせる題材が山とあるらしい。

通りを行き交う人々、特に若い娘たちに目を配り、流行《はや》り廃《すた》りを見るのが、お琴の楽しみでもあり、それが、商いにも役に立つのだ。

左近もたまに付き合うのだが、なるほど、これがなかなかおもしろい。

お琴によると、娘たちの見た目に大きな変化はないものの、持ち物や髪飾りなどに流行り廃りがあり、それは季節が変わり、年が変わるごとに違うらしかった。

そのようなことにとんと疎《うと》い左近は、簪の飾りがどうの、櫛の塗りがこうのと言われても、どれも同じに見えるのである。

むしろ、左近がおもしろいと思うのは、人々の表情だ。

怒ったような顔をして肩に力を入れて歩く中年の男。

嬉しそうに微笑《ほほえ》み、会話をしながら通り過ぎてゆく男女。

もう歩けない、と父親に駄々《だだ》をこねる女児。

泣いたり笑ったり、怒ったり喜んだり。道を行き交う人々には、黙っていても表情がある。一人黙って歩いていても、まっすぐ前を見つめて目的地に急いでいたり、きょろきょろと周りを見回して何かを探していたり。

無言でも、顔に表情がある。

だが今日、たった今——。

左近は、顔に表情がない人物を見た。目はただ前を向いているだけで、物を見ているのかどうかもわからない。年若い女だが、頰《ほお》に力がなく、口は半開きで、身なりを気にするでもなく、髪も乱れている。

生き生きと通りを行き交う人の波の中で、その女だけが浮き上がり、異物のように思えた。

——なぜだろう。

左近は自然に、その女に目を奪われた。

ふらり、ふらりと歩む女は、急いでいる様子の男とぶつかっても振り向きもせず、じっと前を向いて歩いている。

「左近様、どうしたの」

「うむ？　いや、なんでもない」

左近がお琴を見て、ふたたび視線を戻した時、その女の姿は見えなくなっていた。

人々の中で悲鳴があがったのは、その時だった。

何かを避けるように、一点から人の波が外側に向かって動いた。中心にできた空間に先ほどの女が横たわり、白目をむいて口から泡を吹いている。

「お紗江ちゃん？」

お琴が気づき、近づいて顔をのぞき込んだ。

「大変、お紗江ちゃんだわ。お紗江ちゃん、しっかりして。お紗江ちゃん！」

身体を揺すり、頬をたたいてもぴくりとも動かない。

左近は鼻に手を近づけた。

「息がある。気を失っているようだ。東洋先生のところへ運ぼう。誰か、手を貸してくれ」

近くの男の手を借りて、お紗江を背負って北大門町へ急いだ。

お紗江は確か十八歳だが、まるで子供のように軽い。背中でぐったりとしたお紗江の吐く息は、なんとも言えぬ匂いがする。ほのかに甘い、それでいて、つんと鼻を刺激する。左近がこれまで嗅《か》いだことがない、奇妙な香りだ。

「ふむふむ、これは……」

担《かつ》ぎ込んだお紗江を診るなり、東洋は表情を険しくした。

「なるほど、これは、何かの薬のせいじゃな」

「薬のせい？」

お琴が訊くと、東洋が説明した。

「医薬の中には、秘薬と申す物があってな。病気のもとになるものを殺すために、毒を混ぜることがある。毒をもって毒を制すとよく申すじゃろう。あれだよ。ところが、そのような薬は、身体に思わぬ害をもたらすことがある。たとえば、この娘のようにな。どのようにして倒れたのかな」

左近は、お紗江が倒れるまでの様子を伝えた。

「なるほど、呆《ほう》けたように歩いておりましたか。ふむふむ」

うなずいて、お紗江の顎に手を伸ばして口を開けた。中に真綿《まわた》を入れて唾《つば》を染み込ませると、それを皿に置き、薬を溶かした液体を垂らした。

「やはり、思ったとおりだな」

朱色《しゅいろ》に変わった真綿を見つめ、東洋が唸るように言った。

「これは、りん草の根を飲んだ証拠。このままでは、命が危ない」

「りん草とは、なんだ」

「深い山の中でしか採れない貴重な草でしてな。その根を使う秘薬があるのです。これを飲むと、身体の底から力があふれるような気分になり、ひと晩やふた晩寝ずともなんともない」

東洋が眼光を鋭くし、声音《こわね》を小さくした。

「忍びが使う秘薬とも言われております」

「ほう、この世には、そのような物があるのか」

「はい。ですが、これを体内に取りすぎますと、頭をやられ、やがては、薬なしでは生きられなくなる。この薬を手に入れるためには手段を選ばなくなり、なんでもするようになる。高い金を出してでも、手に入れようとするはずです。昔のことですが、戦国の頃は、金のかわりにこの薬を使って忍びを操《あやつ》る大名がいたとか」

「まるで、阿片《あへん》のようだな」

「それよりも質《たち》が悪いですぞ。りん草の薬は、三年も続けるうちに身体を毒に蝕《むしば》まれ、心の臓《の》が止まってしまいます」

お琴が息を呑んだ。

「では先生、お紗江ちゃんはどうなるのです」

「ふむ、この痩《や》せようを見る限り、かなりの量を飲んでおるようだ。手は尽くしてみるが、どうなるかわからんな」

青い顔をしたお紗江は、もはや虫の息。

東洋が薬湯《やくとう》を飲ませようとしたが、口に含ませても飲み込もうとしない。口からあふれた薬湯が頰を伝い、枕を濡らした。

「これはいかんな。急いで佐竹屋さんに知らせたほうがいい」

「わたしが行ってきます」

「おれも行こう」

左近とお琴は、元鳥越町へ急いだ。

四

佐竹屋の暖簾《のれん》を潜《くぐ》ろうとした時、店の中から怒鳴り声が聞こえてきた。

「早くしねえかい！」

左近とお琴は一瞬立ち止まり、顔を見合わせた。

藍染《あいぞめ》の暖簾を潜ってみると、派手な縞柄《しまがら》のどてらを着たやくざ風の男が上《あ》がり框《かまち》に腰かけ、揃《そろ》いの半纏《はんてん》を着た子分らしき三人が、奉公人を睨《にら》みつけて威嚇《いかく》している。

「おや、三島屋さん」

あるじがぱっと明るい顔をした。

店に入った二人を、どてらの男がじろりと見てきて、

「今日は店じまいだ」

一言脅《おど》し、

「おう佐竹屋！　早くしろと言ってんだ。聞いてんのか！　てめえ、舐《な》めた真似《まね》しやがったら、ただじゃおかねえぞ！」

立ち上がったどてらの男が、店の畳に片足を上げて凄《すご》んだ。

だが、あるじは落ち着いたもので、

「聞いております。ですが、そのような大金を今すぐ出せと申されましてもなぁ」

と、とぼけたように言う。

「大金を出せとは穏やかではないな」

左近が口を挟むと、やくざ者の刺すような視線がお琴に向けられたので、左近はそれとなく前に出た。

「関わりのねえ奴は黙ってろい」

「大きな声が表まで聞こえたものでな。何を揉めている」

どてら男がちっと舌を鳴らした。

「佐竹屋、今日のところは勘弁してやらあ。明日の朝までに金を用意しといてもらおうか。ふざけた真似をしやがったら、今度こそただじゃおかねえからな。野郎ども、帰《け》えるぞ」

どてら男が、左近を睨みながらゆっくりとした足取りで出口へ歩み、

「若いの。あんまり他人様《ひとさま》のことに首を突っ込んでると、後ろからぐさりとやられるぜい」

薄笑いを浮かべて言い、お琴の身体を上から下まで舐めるように見ながら帰っていった。

「何よあれ、気持ち悪い……」

「これはどうも、お二人には、見苦しいところを見られてしまったね。申しわけない」

佐竹屋のあるじ、六右衛門《ろくえもん》が、疲れた表情で頭を下げた。

お琴が首を横に振る。

「いいんですよ、そんなこと……それより六右衛門さん、お紗江ちゃんが大変なの」

「お紗江が？」

「日本橋で倒れたんです。息が弱いからすぐに呼んでこいと言われて来たの。すぐ東洋先生のところへ行きましょう」

「そうですか……。おい、佐吉」

「はい」

「お前、ひとっ走り行ってやりな。わたしよりも、お前がそばにいたほうがお紗江も喜ぶ。静江《しずえ》も一緒に連れていってやっておくれ」

「しかし旦那様」

「頼んだよ」

六右衛門がぴしゃりと命じて顔を背《そむ》けたものだから、佐吉は従うしかない。

「はい」

と応じて頭を下げ、お紗江の母親の静江と共に出かけていった。

「どうぞ奥へ、お茶でも飲んでいきなさいな」

落ち着きはらった態度の六右衛門は、娘が危篤《きとく》だというのに笑みまで浮かべていた。

女中が茶菓《さか》を置いてゆく背中を見送ってから、左近は六右衛門に訊いた。

「先ほどのやくざ者は、お紗江殿と関わりがあるのでは？」

六右衛門の表情が曇った。

「東洋先生は娘のことをなんと？」

「よからぬ薬を飲んでいるらしい、と」

「……やはり、そうでしたか」

「何があったのか話してみないか。力になるぞ」

「わたしどもも、よくわからないのでございます。娘は風邪をこじらせて宗林先生のところに通っていたのですが、もちろん、代金はちゃんと払っておりました。それなのに今日、突然あのやくざ者が来まして、薬代が二百両未払いになっているから払え、払わなければ奉行所に届け出るぞ、と申しまして」

「二百両とは、また大金だな」

「身に覚えがないことでございますから、どうしたものかと考えておりましたところへ、あなた様たちが来られて……いやあ、助かりました」

「でも、明日、また来るのでしょう」

お琴が心配したが、六右衛門は笑みを浮かべ、

「ええ、何かいい手を考えませぬとな」

と、落ち着いたものだ。

「……ところで新見様、娘が飲んだよからぬ薬とは、どのような物なのでしょうか」

「阿片に似た物だが、飲み続けると死ぬことがある。しかも、忍びが使う秘薬だから、あまり世に知られてはおらぬのだ」

「そうですか。では、阿片と同じように中毒になると……」

「東洋が、いや、東洋先生が申されるには、お紗江殿が倒れたのは薬が切れたためらしい。ふたたび薬を飲めば、また元気になるのだが」

「どうりで、あの医者から離れられぬはずです」

「おぬし、気づいていたな」

六右衛門が、なぜ知っているのか、というふうに驚いた顔を上げた。

「先日、東洋先生に聞いたのだ。気づいていたなら、娘をなぜ止めなかった」

「まさか、そのように悪い薬だとは思いもしませんでしたから。それに、飲めば元気になるものですから、つい……」

「……高い薬代を、出し続けたと申すか」

「続けるうちに値が上がると聞いたが」

「今は、五回分で十両払っておりました」

「それがなぜ、二百両になるのかしら」

お琴が不服そうに言った。六右衛門はうなずいて静かに茶を含むと、口元に笑みを浮かべた。

「五回分で十両も出していましたから、娘が気を使ったのでしょう。ひと月で十回分買っておりましたが、そのような毒でしたら、身体が毎日欲しがったのではないでしょうか」

左近が問う。

「代金を後払いで、医者から薬をもらっていたということか」

「お紗江に訊いてみなければわかりませんが、先ほどのやくざ者が証文を持っておりましたから、間違いないかと」

「さっきの奴ら、どこの者だ」

「深川《ふかがわ》の勝又《かつまた》一家の者だと言っておりました」

「勝又一家だな。よし、調べてみよう。木元宗林のことも何かわかるかもしれろう」

ん」

「どうやってお調べに？」

「南町《みなみまち》奉行所にちょっとした知り合いがいるから、訊けば何か教えてくれるだろう」

左近は冷めた茶を飲み干し、安綱をにぎった。

「でも……ご迷惑ではありませんか」

「なぁに、好きでしていることだ」

左近は笑みを浮かべて言うと、お琴と共に佐竹屋をあとにした。

五

「おやじ、熱い酒を一本頼む」

宗形次郎《むなかたじろう》は店に入るなり、大声で注文して長床几《ながしようぎ》に座った。

黒羽織《くろばおり》の下に三筋格子柄《みすじごうしがら》の黄八丈《きはちじよう》の着物を着たこの男は、腰に朱房《しゆぶさ》の十手《じつて》を下げた町方同心《まちかたどうしん》である。

「すまないが、こちらにも一本つけてくれ」

「あいよ」

告げて宗形の前に座ると、

「なんだ、新見か」

見上げて、おもしろくもなさそうに言う。すでに顔が赤く、酒の臭《にお》いをぷんぷんさせていた。

「まだ日暮れには半刻《はんとき》(約一時間)あるが、だいぶ酔っているようだな」

「これが飲まずにいられるかよ」

「いやなことでもあったのか」

「あったも何も……」

宗形が、すがるような表情となった。

「聞いてくれ。なあ、聞いてくれよ」

言ったと思ったら、泣きべそ顔になり、

「おなごにふられた」

一言しゃべり、うな垂れた。

「それは、なんとも……」

左近は呆気《あっけ》にとられて言葉に詰まった。

「まあ、所詮《しょせん》は、茶屋の娘だから拙者とは身分違いだが……それにしても、よりによってあんなじじいに負けるとは、我ながら情けないよ」

「じじい？」

「ああ、四十くらいの大工だ。金を持っているようには見えねえが、仲よく手なんぞ繋《つな》いで歩いていやがった」

「その娘というのは、まさか、神田の茶屋のおみつでは？」

宗形がぎょっとして立ち上がった。

「なんで知ってんだ」

「いや」

「おい、とぼけずに教えろ」

「い、いや」

「女か、それともじじいのほうか、どちらかと知り合いなのだろう。それとも新見、おぬしあの店の常連なのか」

「いや、見たことも行ったこともない。男のほうの知り合いがしゃべっていたのを聞いただけだ」

宗形はがっかりして腰を下ろした。

「なんでぇ、それじゃ知らねえのと同じじゃねえか」

「そういうことになるか」

「………」

宗形は話は終わりだとばかりに、運ばれてきたちろりに手を伸ばす。

左近が先に取り、杯に注いでやると、宗形は一気に呷《あお》った。

「宗形殿、ひとつ尋ねたいことがあるのだが」

「なんだ」

「深川の勝又一家を知っているか」

「勝又一家？　ああ、知ってるぜ」

「あるじは、どのような男だ」

「いい噂は聞かねえな……」

宗形が手酌《てじゃく》で酒を注ぎながら続ける。

「……で？　勝又がどうしたんだ」

「知り合いの店にやってきて、佐久間町の木元宗林と申す医者にかわって薬代の取り立てをしていたのでな。人相が悪い連中だったから気になったのだ」

「取り立てがあの一家の生業《なりわい》だ。証文を安く手に入れて、あくどい取り立てをしやがる。勝又のせいでこれまで何人首をくくったか」

「明日の朝までに金を用意しなかったら、ただじゃおかないと申していた。これは放ってはおけぬだろう」

「しょっ引けと言うのかい」

宗形は鼻で笑った。

「口で脅したぐれえで、罪にはならねえよ」

「では、証文を手放した木元宗林はどうだ。飲み続ければ中毒になり、死にいたるほどの薬を高値で売りつけている。これはご法度《はっと》であろう」

杯に口をつけながら、宗形は顔の前で手をひらひらとやった。

「若い娘が死にかけているのだぞ」

「あの医者のことは、奉行所でも調べた。確かに死人が出ているようだが、薬のせいだという証拠がない。中毒になると申しても、それは患者によって程度が違う。罪には問えねえな」

左近は、薬が原因だという東洋の言葉を教えようと思ったが、やめた。宗形次郎が簡単に動くようには思えなかったからだ。奉行の宮崎若狭守《みやざきわかさのかみ》にどうにかしろとねじ込んでも、証拠がなければ動けまい。

「気落ちしてるところを邪魔をしたな。ここはおれに払わせてくれ。おやじ、こちらに酒をもう一本頼む」

懐《ふところ》から出した銭を置いて、左近は店を出た。

六

左近が八丁堀《はっちょうぼり》から東洋の診療所に戻ると、中から女の呻《うめ》き声が聞こえてきた。よほど苦しいのか、喉《のど》がちぎれてしまいそうなほど声に力が入っている。

中に入ると、診察台の上でもがくお紗江の姿が見えた。

着物は診療所の薄着一枚に着替えさせてあり、紐《ひも》で手足の自由を奪われ、口には猿ぐつわを嵌《は》められている。

お紗江の母親の姿はなかった。治療するにあたり、東洋が家に帰らせたという。それほどに、荒療治《あらりょうじ》をするということだ。

そばに佐吉が付き添い、苦しみもがくお紗江と、それを黙って見守る東洋を交互に見て、不安げな顔をしている。

女中のおたえが必死に肩を押さえ、診察台から落ちるのを防いでいた。おたえの下で、お紗江は玉の汗をかき、首に筋を浮かべて叫んでいる。

目は誰を見るでもなく宙を泳ぎ、腰を浮かせて苦しんでいた。

「これが、秘薬の真の恐ろしさにございます」

左近に気づいた東洋が軽く頭を下げて言った。

「どうなるのだ」

「こうなってもう一刻（約二時間）余り経《た》ちます。そろそろ解毒《げどく》の薬が効いてもよろしいのですが。これ、おたえよ、そろそろじゃぞ。佐吉、おたえと交代してくれ」

佐吉がおたえにかわって両肩を押さえ込み、おたえは、お紗江の腰に布をかけ、着物の裾《すそ》をまくり上げた。そのまま腰を押さえ込み、身動きが取れないようにしていると、診察台の下に置かれた桶《おけ》に、水がしたたる音がした。

「おお、出た出た。尿《にょう》が出れば、こちらのものじゃ」

東洋の処方した薬を飲ませて、汗と尿でりん草の毒を体内から出しているのだ。

「佐吉、先ほどと同じように、薬を飲ませてやれ」

「はい」

佐吉は言われたとおりに、猿ぐつわをはずした。

「放せ、藪医者め」

苦しみのあまり、お紗江が東洋に罵声《ばせい》を浴びせ、恨《うら》みを込めた目を向けた。

「お嬢さん！　お紗江、ここで負けたらだめだ」

佐吉が悲しそうに言い、叫び続けるお紗江の口に強引に薬を流し込んだ。吐き出すほうが多いが、少量でも飲めば効果があるらしい。あとは、水を大量に飲ませればよい。

佐吉はお紗江の鼻をつまみ、必死に水を飲ませた。男が押さえつけて水を飲ませる光景は、まるで拷問《ごうもん》のようであった。

何度も同じことを繰り返し、ようやくお紗江の容体《ようだい》が落ち着いたのは、三刻（約六時間）後だ。世間はとっくに寝静まっており、お紗江が叫ばなくなると、診療所は嘘のように静かになった。

おたえが疲れ果てたような顔で、桶に溜《た》まった尿を処理しに出ていく。

佐吉は、ぐったりと目をつむるお紗江を愛《いと》しげに見守っていた。

そこで禿頭《とくとう》を光らせた東洋が、やれやれと言いながら酒で喉を潤《うるお》した。

途中から加勢した左近は、若い乙女《おとめ》の正体をここまで失わせる魔薬《まやく》の恐ろしさを痛感していた。とてもか細い女のものとは思えぬ力で抗《あらが》うのを必死で押さえていたせいで、手が痺《しび》れている。お紗江の足首には、左近の手の跡が赤黒い痣《あざ》となっていた。

「これで、なんとか命は助かりましょう」

「先生、ありがとうございます！」

東洋の言葉に、佐吉が床に両手をついて感謝した。

その背中を一瞥《いちべつ》した左近は、東洋に顔を向けて、目顔で別室に誘った。

「お紗江さんは助かったが、このように恐ろしい薬が江戸中に広まれば、大変なことになるな」

「はい。奉行所の方は、なんと申されましたか」

「うん？　お琴から聞いたのか」

「はい。勝又一家をお調べになると」

「勝又一家はただの取り立て屋だった。宗林のことは、薬が悪いという証拠がないため動けぬそうだ」

「なんと」

「りん草の毒のせいだと言おうと思ったのだが、それとて、確かな証拠にはなるまいと思ったのでやめた。宗形次郎が申すには、人によってはさして危険はないらしい」

「……確かに、そのとおりでございます」

「知っていたのか」

「大事なのは、秘薬に含まれるりん草の量。少なければ、それほど危険はありますまい」

「なるほど。宗林は人を見て、量を変えておったか」

「おそらく」

「では、その証拠をつかまねばならぬな」

「評判から考えましても、お紗江のような目に遭《あ》わされるのはごくわずか。よほどのことがない限り、尻尾《しっぽ》は出しますまい」

「おれにいい考えがある」

左近は東洋と何やら相談し、明け方に診療所を出た。

浅草元鳥越町の朝は静かであった。

商いの支度を終えた佐竹屋が店を開けると、それを待っていたかのように、人相の悪い集団が中に押し入った。

「おう、六右衛門はいるかい」

「どうやら、来たようですね」

奥にまで聞こえる声に、六右衛門が苦笑いを浮かべた。

左近は湯呑《ゆの》みの茶を飲み干し、安綱をにぎった。

「旦那様」

「わかっているよ。今行く」

六右衛門が襖《ふすま》を開けると、中年の番頭が青白い顔で立っていた。

左近が出てゆくと、番頭が眉尻《まゆじり》を下げた顔で見てきた。

「新見様、お一人で大丈夫でございますか」

「心配せずともよい」

表に出ると、どてらの男と三人の子分が待っていた。昨日と同じ顔ぶれだ。

「てめえは、昨日の若造!」

「わけあって、お前たちの相手はおれがすることになった」

左近は懐に手を入れた。

「金はここにある。商売の邪魔になるから、どこかに行こうか」

「いいだろう、ついてきな」

どてら男のあとについて、鳥越明神《とりごえみようじん》の杜《もり》の中に入った。

人気《ひとけ》がないところに着くと、どてら男が背を返し、

「さあ、約束の二百両を渡してもらおうか」

と手を差し出した。

背後には子分が三人立ち、殺気を発している。

「証文は」

「ここさ」

どてら男が胸をたたいてみせた。

「渡してもらおうか」

今度は、左近が手を差し伸べる。

「そうはいかねえ。金が先だ」

どてら男が胸を張り、左近を見上げて背伸びして、薄笑いを浮かべた。証文を持っていることが、この男の強みだ。

左近は仕方なくといった具合にもったいつけて、懐から黒い袱紗《ふくさ》に包まれた金を出した。

「確かめろ」

言うなり、放り投げる。

重そうに受け取ったどてら男が、包みを開けてにんまりとした。

「確かに二百両いただいた」

「証文をよこせ」

「いいともさ」

どてら男が懐に金を入れ、かわりに証文を出した。

「ほらよ」

「待て、広げて見せろ」

「チッ、疑《うたぐ》り深《ぶけ》え野郎だ」

どてら男は両手で証文を広げた。

「正真正銘《しょうしんしょうめい》、本物だ」

「であるな。おぬし、これをどうやって手に入れた」

「商売の秘密をばらす馬鹿がどこにいる」

「あと十両出してもよいが」

どてら男が「うっ」と身構えた。地面に向けた目をじろじろとやり、どうするか悩んでいる。

だが、それは一瞬のことで、黙って手を出してきた。金をくれと言っている。

「今度は、そちらが先だ」

　左近が言うと、どてら男は薄笑いを浮かべた。

「親分が手に入れてくるから、詳しいことは知らねえが、いくらかもらって取り立てを頼まれてると聞いた」

「木元宗林にか」

「ああ、この金だって、あいつの懐に入る物だ。すっかり焼きが回っちまった親分のせいで、おれたちゃ、ただの使いっぱしりよ。なあ」

　子分たちも鬱憤《うっぷん》が溜まっているらしく、どてら男に賛同した。

「十両だ。受け取れ」

「へへ、こりゃどうも」

にんまりとして受け取ると、どてら男は子分たちを引き連れて帰ろうとした。

「待て」

「へ？」

「木元宗林を紹介してもらえぬか」

「………………」

　途端に、どてら男の表情が険しくなった。

「おれも、例の薬が欲しいのだ」

「旦那、十両いただいたから教えてさしあげますがね、あの薬だけは、やめたほうがいいですぜ。泣く子も黙ると恐れられた勝又の親分も、今じゃ薬欲しさに奴の言いなりだ」

「しかし、元気になるのであろう」

「そりゃもう」

「では頼む」

「……そりゃまあ、ようござんすが」

「よし、まいろうか」

「い、今からですかい」

「善は急げと申すであろう」

「はあ」

首の後ろを手でさすりながら、どてら男が困り果てた。

「今からではまずいことでもあるのか」

「いえ、そういうわけじゃござんせんがね。昼前は患者がわっと押し寄せてますから、会ってもらえるかどうかわからねえんでさ」

「その時はその時だ。さ、行こうか」

七

神田の佐久間町に行き、宗林の診療所の前まで来ると、どてら男は中の様子をうかがった。

「今日は患者の姿が見えねえ。休みかもしれませんぜ」

言いながら門を潜る。

左近もあとに続いて中に入り、広い庭を見回していると、

「誰だ」

後ろから、声をかけられた。

背を返すと、門の前に酒徳利を提げた総髪《そうはつ》の侍が立ち、鋭い目を向けている。

「こりゃどうも、吉崎《よしざき》の旦那」

「なんだ、お前たちか」

どてら男に気を許したが、左近に向ける目は油断がない。

「旦那、先生にお客さんをお連れしたんですが、今日は留守ですかね」

「客とはこの者か」

「へい、例の薬が欲しいそうで」

「先生なら中におられる」

吉崎は無愛想《ぶあいそう》に言うと、庭を横切り、奥に消えていった。

「ここの用心棒ですがね。あっしはどうも苦手で」

訊いてもいないのにどてら男が言い、いやそうな顔をしている。

「ごめんくださいよ、先生」

どてら男が訪うと、奥から女が現れた。前掛けをしているので女中だろうが、どてら男は大きな背中を丸めて、丁寧《ていねい》な口調で女に左近のことを伝えている。

「……そういうわけなんで、おはまさん、なんとか先生に取り次いじゃもらえませんかね」

おはまは無表情に左近を見つめて問う。

「お名前は?」

「新見様左近と申す」

「新見様ですね。こちらへどうぞ」

「じゃあ、あっしらはこれで」

「金を渡さなくてよいのか」

「それは親分がすることで、勝手にはできねえんで」

「そうか、世話になったな。十両、大事に使えよ」

「へい、また何かありやしたら、いつでも声をかけておくんなせえ」

すっかり左近に懐《なつ》いたどてら男が、懐を押さえてにんまりとし、子分を引き連れてそそくさと帰っていった。

中に案内されると、広い部屋には五人の患者がいる。おそらく、いつもはここに入りきらない患者が、外に列をなしているのだろう。

「先生はただ今診療中ですので、こちらでお待ちください」

白粉《おしろい》の匂いを残して、女は中に消えていった。

権八が言っていたように、庶民の患者は一人もいない。男女とも上等な着物を着ていて、どこかの大店か、地主と思《おぼ》しき人物ばかりだった。

一刻(約二時間)ほど待たされ、ようやく呼ばれた。

中に入ると、でっぷりと太った男が腰かけに座り、書き物をしている。その横に、先ほどのおはまが立っていた。

おそらく、ごま塩髪を後ろで束《たば》ねている宗林は、おはまと深い仲なのだろう。

そう想像させるのは、禿頭の東洋にくらべると、宗林が若く見えるからだろう

るせいか。それとも、年若い左近には刺激が強すぎるほどの色香《いろか》を、おはまが放ってい

そんなことを考えながら待っていると、書き物を終えた宗林が背を返し、品定めをするような目を向けてきた。

「わしが作る薬が欲しいそうだが」

「今評判の薬があると聞いたものでな。飲むとその場で元気になるというではないか」

「はて、勝又一家の者が何を申したか知らんが、わしの薬に、そのような物はないが」

「何、ないだと」

左近は大げさに驚いてみせた。そしてすぐに笑い、「まいったなぁ」と、首筋をなでた。

「十両も払ったのに、嘘であったか」

「十両!」

宗林がぎょっとした。

「ほんとうか嘘かもわからない話に、十両も出したのか」

「まあ、十両なんぞどうってことはないのだが……実は最近、身体が思うように動かなくてのう。ここの評判を聞いたものだから、勝又一家の者に紹介を頼んだのだ。元気になれるなら金に糸目はつけぬつもりであったが、まあ、仕方ない。ないなら帰るとするか、邪魔をしたな」

「待ちなさい」

「うむ？」

「どのような薬があると聞いたか知らんが、せっかく一刻も待ったのだ。身体の具合が悪いなら診てあげよう」

「忙しそうだから遠慮しておく」

「まあそう言わずに、ここへ横になりなさい」

おはまに指示を出すと、いそいそとそばに来て、左近の背中に手を添えて促《うなが》した。しかも、ここへ来た時とは違う満面の笑みだ。

「お刀をお預かりいたしましょう。こちらへ置いておきますわね」

言われるがままに安綱と脇差を渡すと、直接手で触れぬ心遣《こころづか》いを見せて袖で持ち、丁寧に刀掛けに置いた。

「まずは仰向《あおむ》けに」

「………」

「胸を開けますぞ」

藤色の着流しの前を開き、胸に耳を当てた。そのまま軽くたたき、次に腹を押さえるなどして診察を終えると、難しい顔を上げ、

「ううむ、これは……」

いかにも重病という具合に言うものだから、不思議と不安になってしまう。

「悪いのか」

「心の臓が、かなり弱っておるな」

「やはり、そうであったか」

と、左近がわざと落胆してみせると、

「だが、心配はいりませんぞ。わしは心の臓の病によく効く薬を持っておりますからな」

「それは、ありがたい」

「ささ、起きられよ」

左近が身体を起こして着物を直しているあいだに、宗林は薬箱から赤い紙に包まれた薬を出してきた。

「これを飲みなさい。これ、新見様に水を持て」

「はぁい」

明るく応じたおはまが、すぐに水を持ってきた。

左近は赤い包み紙を解き、白い粉を口に含むと、水で喉へ流し込む。

宗林がうかがう目を向けてくる。

「どうかな」

「すぐに効き目が出るものなのか」

「もうじきじゃ」

「お！　なんだかこう、腹の底が熱くなってきた」

「………」

宗林は目を輝かせて観察している。

「おお、気分がよい。このような気分になったのは、初めてだ」

軽々と立ち上がり、うきうきしたように左近が言った。

宗林はその様子を見ながら、目を細めて笑みを浮かべる。

「新見様には、この薬がよう効くようですな。しばらくは、これを飲まれるといいでしょう。今日のところは、二つほど出しておきますぞ。身体が重くなったら飲まれるがいい」

「かたじけない」

「それで、お代ですが……この薬はなんといっても我が木元家代々の秘伝の物。少々お高《たこ》うございます」

「いくらだ」

「診立《みた》てが二分と、薬代が一両になります」

「安い。この元気を保てると思えば、安いものだ」

左近は懐から財布を取り出し、宗林に金を支払った。

「確かに頂戴《ちょうだい》いたします」

「薬が切れたらまた来るゆえ、よろしく頼むぞ」

「かしこまりました」

宗林とおはまに見送られ、左近は意気揚々《いきようよう》と診療所をあとにした。

八

その夜――。

艶《あで》やかな女の裸体《らたい》が、月明かりの中で白く浮いている。

「お前、あの新見という若造が欲しくなったのだろう」

肩で息をしている女を横目に、宗林がぽつりとつぶやいた。

その声に反応するかのように、女が薄く目を開ける。

「……おはまよ、わしはもう、お前を満足させることはできぬ。かわりに、あの男を我が秘薬の虜《とりこ》にして、お前にやろう」

宗林の言葉を聞いているのかいないのか、おはまはふたたび目を閉じた。

そんなおはまの様子を気にするふうでもなく、宗林が続ける。

「お前は若い男を知らぬが、一度味わえば、たちまち虜になろうよ。わしの秘薬も、似たような物じゃ。死ぬるまで、あの男から金を吸い取ってやるわい」

おはまの唇《くちびる》がふとゆるんだのを目にした宗林は、気をよくしたのか、にやりと笑みを浮かべた。

気《け》だるそうに布団から起き上がった宗林は、種火《たねび》を手燭《てしょく》に移して廊下に出ていった。

中庭を囲む長い廊下を渡って自室に戻ると、あたりを気にして障子を閉める。

床の間に飾られた名もない掛《か》け軸《じく》の裏に手を入れると、からくりが作動して壁が回転し、隠し部屋が現れた。

手燭の明かりを当てると、中には千両箱が山と積まれていた。全部で十箱。しめて一万両はくだるまい。

足を踏み入れた宗林は、千両箱には目も向けず、古びた箱を開けた。中には、今日届いたばかりの、干した植物の根がぎっしり詰められている。一見すると高《こう》麗人参《らいにんじん》のように見えるが、これが魔薬のもととなる、りん草の根である。

「新見と申す若造のために、とびきりの秘薬を作るとするか」

そう独りごち、宗林は不気味な笑みを浮かべた。

すると、背後で、風が吹き抜けた。

気配に気づいた宗林が背を返すと、障子に勝山髷《かつやままげ》の影が浮いた。おはまが明かりも持たずに座っている。

「先生、客が来ております」

「勝又か」

「はい」

「すぐ行く。酒の支度を頼む。それから、吉崎も呼べ」

おはまは頭を下げると、静かに下がった。

隠し部屋を閉じ、行灯《あんどん》に火を入れると、程なく、おはまに通された勝又が現れた。

身体は痩せこけ、一家を率《ひき》いる親分にしては迫力に欠ける。五十という歳のせいでないことは、半年前の勝又を知る者なら誰しもが思うだろう。

「まあ、入りなさい」

「はい、失礼いたします」

「佐竹屋から金は取れたのかい」

「ここに」

勝又は黒い袱紗ごと、二百両を差し出した。

宗林は百両だけ取り、半分を押し返した。

「これは手間賃だよ。それから、これもやろう」

勝又は百両には目もくれず、宗林が懐から出した巾着《きんちゃく》に飛びついた。中を探り、赤い紙包みを出すと、にんまりと見つめて懐に押し込む。

「本来なら百両にはなる代物《しろもの》。吉原《よしわら》あたりで試しているのだろうが、大事に使いなされよ」

「これは、おそれいりました」

「ところで――」

宗林が言いかけた時、おはまが酒肴《しゅこう》を持って現れた。その背後から吉崎が入り、宗林の背後に控えるようにひざまずく。

糸がほつれた着物と袴《はかま》をまとう身体からは、常に酒の臭いが染み出していた。

「親分は見知っておったかな。これは、わしの用心棒でな。直心影流《じきしんかげりゅう》の遣《つか》い手《て》じゃ。不思議なことに、酒を帯《お》びるほど剣が冴《さ》えわたる」

「さようで」

生返事で勝又がうなずく。吉崎のことなど、勝又の頭の中にはいっさいないようだ。

「まあ、ひとつやりなさい」

銚子《ちょうし》を傾《かたむ》けて勝又の杯を満たしてやると、宗林は鋭い目を向けた。

「ところで勝又」

「はい」

「お前の一の子分に連れられて、新見と名乗る男が来ての。薬が欲しいと言いよった」

杯を持つ勝又の手がたちまち震えだし、酒がこぼれた。

「こ、これはとんだ粗相《そそう》を」

慌《あわ》てて畳を拭き、勝又はそのまま平伏《へいふく》する。

「よく言い聞かせておきますので、こたびばかりは助けてやってください」

「ふ、ふふふ。勘違いするな。わしは責めているわけではない」

勝又が目を丸くして顔を上げた。

「どこでどう見つけたのかは知らないが、なかなかの上客を連れてきてくれたと思うてな」

「その侍……確か、佐竹屋の金を受け渡したとかで、てっきり用心棒かと思っておりましたが」

「用心棒ではあるまい。おそらく、どこぞの大身旗本の倅《せがれ》だろうな」

「……奉行所の手の者では」

「だとしたら、なおさら都合がよい」

「はあ？」

「ふふ、もうすでに、わしの秘薬を飲ましたからの」

「さようで」

薬で縛られ、いいように操られている勝又は、うなずきもせずに杯の酒を飲んだ。

「今日のような客なら大歓迎だ。またいいのがいたら、遠慮せずに連れてくるよう言うておいてくれ。礼ははずむぞ」

「そういうことでしたら、喜んで。では、あっしはこれで」

「帰りの道中、気をつけてな。といっても、どうせ吉原に行くのであろう」

「これを待っている者がいますんで」

「それは効き目がきついぞ。気をつけて使え」

「へい、では、また近いうちに」

秘薬を手に入れた勝又は、うきうきと帰っていった。

「先生」

声を潜《ひそ》め、吉崎が問いかける。

「それがしをこの席に呼びつけたわけは……」

「うむ」

宗林は杯の酒を飲み干し、吉崎に渡した。

「念のためだ。新見左近を調べてくれ。奉行所に近づくようなら、ふふ、わかっているね」

吉崎は返事もせずに、杯の酒を一気に飲み干した。

九

「これは新見様。調子はいかがですかな」

三日後に現れた左近を、宗林は丁重《ていちょう》に迎え入れた。

「調子はよい。だが、薬が切れると身体がだるくなる。前より悪くなった気がするが」

「それは仕方ないですな。悪い心の臓を、薬で動かしているようなものですから。お辛《つら》いなら、おやめになりますか」

「いや、もらう」

「では、今日は五つ出しておきましょう」

「かたじけない」

「お代は、二十両になります」

「何、二十両だと」

「近頃、材料がとんと採れなくなりましてな。値が上がり、こちらも困っているのです」

「しかし、先日は二つで一両だぞ」

「あれは、お安くしていたのでございますよ。こちらもぎりぎりでやっておりますので、いやならやめていただいて結構」

「……いやではないが、持ち合わせがない」

「証文をいただければ、薬をお出ししますが」

「では、五つと言わず、十、もらおうか」

「それはだめでございますよ。一度に五つしか出さぬのが決まりです」

「そうやって、次に来た時はまた値を上げるという寸法か」

「それは、その時の相場次第。何せ、貴重な品ですからな」

「うまい商売を考えたな、宗林」

「いえいえ、我が秘薬を出すは、ほんの人助けにございます」

「……仕方がない。証文を書くとしよう。薬にはかえられぬからな」

途端に、宗林の目が生き生きとした。

「確かにいただきました。次の時に用立てていただければ、証文はお返しいたします」

「ありがたい」

左近は薬を袖に納《おさ》め、一袋だけ出した。

「水をもらえぬか。ここでひとついただく」

「我慢できませぬか」

「どうにも抑《おさ》えが利かぬでな」

「よう効きますからなぁ」

左近が薬を飲む姿を見ながら、宗林は不気味な笑みを浮かべていた。


——おや。

診療所を出て間もなく、左近はあとを追う者の存在に気づいた。

——宗林め、抜かりのない奴だ。

このままお琴のもとに戻るのはまずいと思い、左近は谷中のぼろ屋敷に帰ろうかと考えた。しかし、宗林が金持ちしか相手にしないことを思い出し、考えを変えた。

——さて、どこに行くか。

あれこれ考えたあげく、武家屋敷が並ぶ三味線堀《しやみせんぼり》に向かい、大きな屋敷の角を曲がったところで物陰に隠れた。

左近の姿を見失った浪人姿の男が立ち止まり、あたりを見回していたが、建ち並ぶ大名や大身旗本の屋敷に満足したのか、薄笑いを浮かべて帰っていった。

おそらく、左近がこのあたりの武家の者だと思ったに違いない。

この用心深さからして、

――宗林という男、案外手強い相手だ。

と左近は思った。その危険な男によって、お紗江のような目に遭わされている者が他にもいる。そう思うと、一刻の猶予《ゆうよ》もないのだが……。

――焦《あせ》りは禁物。

手に入れた薬を届けるために、東洋の屋敷へ足を運んだ。

「なんと、また行かれたのですか」

「今日は証文も書いてきた。二十両だそうだ」

「五つで二十両！」

東洋は目を丸くして、赤い包みに目を落とした。

その東洋の横で、機嫌の悪い顔をして黙って座る者がいる。

「殿、この小五郎《こごろう》めにもわかるようお話しくだされ」

肩を怒らせて両手をついたのは、左近の小姓であり、甲州《こうしゅう》忍者の頭目《とうもく》でもある吉田《よしだ》小五郎だ。

前に左近が命を狙われて以来、あるじを守るために根津の藩邸を出ているのだが、二六時中《にろくじちゅう》ついて回ることを左近が許さないため、お琴の店の隣に出した煮売り屋でおとなしくしていた。

だが、そこは忍びの鼻。今回の一件を嗅ぎつけた小五郎は、左近が黙っていたことに腹を立てているのである。

「これでは、それがしが市中にいる意味がございませぬ」

「そう怒るな、小五郎。今回の一件は、お前が出る幕でもないと思ったのだ」

「ご冗談を……毒薬を扱う相手ですよ」

「わかった、もう許せ」

「いいえ、仲間に入れていただくまでは許しません。これからは、少し間を空けながらお守りさせていただきます」

「頑固な奴だ」

言いつつも、二人は笑みを浮かべている。

「先生、お紗江さんの具合はどうだ」

「薬を欲しがらなくなりましたので、もうすぐ家に戻れるでしょう」

「それはよかった」

「しかし、これは実に厄介《やっかい》な薬です。一度味わうと、なかなかやめられない」

「そうか……」

左近が考え込むように口を閉ざすと、東洋が訊く顔を向ける。

「殿、いかがされましたか」

「いや、なんでもない。それよりも、この薬を罪に問うことはできぬのだろうか」

「被害の訴えが多ければ、ご公儀も動くのでしょうが……」

「金をむしり取られても、己の身体が薬を欲しがるせいで、訴えようにもできぬのであろうな」

「宗林が咎《とが》めを受ければ、薬が手に入らなくなると思っているのでしょう」

「今日も大勢の患者がいたが、あの者たちすべてが薬の虜になっていると思うと、恐ろしくなる。いったい、いくらの金が宗林のもとに集まるのであろうか」

「薬欲しさに店を潰した者も少なくないようです」

「やはり、放ってはおけぬな。上様に直接申し上げてもいいのだが……おれは病気療養中である身ゆえ、城にはゆけぬ」

「殿、そのような目でわたしを見られましても」

己に向けられる左近の眼差しから逃れるかのように、東洋が顔を背けた。

「行ってはくれぬか」

「こればかりは、殿の命でも聞けませぬ」

東洋は、将軍家綱《いえつな》に左近の容体を訊かれて、嘘をつき通す自信がないのである。

有効な手立てを思いつかぬ三人は、いつしか黙り込んでいた。

そんな中、ふと、東洋が膝を打った。

「綱豊様」

「しぃ、声が大きい」

「これは、失礼」

「……なんだ」

「あの薬を罪に問う、よい手立てがございます」

東洋は声を潜め、左近と小五郎に耳打ちした。

十

「おはま、もうすぐ、もうすぐあの男、新見を手に入れてやるからの。ふふふ、やはり嬉しいか。吉崎が申すには、大身旗本の倅に違いない。おはま、新見の子を産め。生まれた子は、わしとお前の子として育て、その子に、わしのすべてをやろう」

宗林とおはまはそのようなことを言いながら、今宵《こよい》も肌を重ねている。

男としての能力を失っている宗林は、年老《お》いてから子がない寂しさに気づき、その寂しさから未練がましく若い柔肌《やわはだ》を求め、おはまを離さないのである。

ある夜、宗林の愛撫《あいぶ》に悶《もだ》えながら、おはまが子を産みたいと言った。

宗林をいきり立たせるために、つい口をついてしまったのだろうが、その日からというもの、宗林はおはまに子を産ませてやりたいと、本気で思うようになっていた。

そんな矢先に、左近が診療所に現れたのだ。目鼻立ちがすっきりとして、気品のある顔立ちの左近を見て、

――この男だ。

と、宗林はこころに決めた。

――この男を魔薬で縛って金を吸い取り、利用し、おはまが子を宿《やど》せば死にいたるほどの量を与えて、この世から消せばいい。

我が子とするには、子種の素性《すじょう》も知りたくなり、吉崎に命じて調べさせもした。

ぐったりとしたおはまを置いて、宗林はいつものように自分の部屋に戻った。こうして離れて寝るのは、己の醜態《しゅうたい》を見せぬためでもあるが、実は、長年一人で過ごしてきたために、人の気配があると熟睡できないのだ。

宗林は己の体臭が染みついた布団に潜《もぐ》り込むと、うつ伏せになって寝酒を楽しんでいたが、やがて、いびきをかきはじめた。

その、うつ伏せで寝る宗林の横顔に、ちろちろと糸が触れた。

無意識のうちにむずがゆくなったのか、手で頬をかきかき、仰向けになる。

天井に向けて大口を開け、宗林は高いびきをかいていた。

その口の上に、先ほどの糸が下がってきた。そして、天井から透明な液体がつるつると糸を伝い、ほんの一滴、口の中に垂れ落ちる。

途端に、いびきがやみ、口をもごもごとやっていたが、喉を鳴らして飲み込むと、また高いびきをはじめた。

行灯の明かりに照らされた天井には、板をずらして下の様子をうかがう小五郎の顔がある。そっと糸を手繰《たぐ》りながら、白い歯を見せてくつくつ笑うと、静かに板を戻した。

翌朝、左近は、よい物を見せてやると宗形次郎を誘い出し、宗林の診療所に向かった。

道々、宗林が使う怪《あや》しい薬の害について話し、今日は、その悪を暴《あば》いてみせると言うと、奉行所でも目をつけていたらしく、宗形はその気になった。

訪いを入れるとおはまが現れ、同心の宗形を見てぎょっとした様子だったが、すぐに落ち着きを取り戻すと、

「せっかくですが、今日はお休みでございますので、どうぞお引き取りくださいまし」

冷ややかな口調で言った。

「それがな、診察ではないのだ。御用の向きでまいった」

「…………」

「御用の向きとて、勝手に入られては困る」

そう口にしながら、庭から吉崎が現れた。徳利を提げ、酒の臭いをぷんぷんさせている。

「今なんと申した」

　宗形が十手を抜いた。

「おぬし、用心棒の分際で、お上の御用を邪魔立てするつもりか」

　この一言がいけなかった。

　たちまち顔色を変えた吉崎が、徳利を左手に持ち替え、右手で抜刀《ばっとう》した。

　片手で上段から打ち下ろした刀を、宗形が十手で受ける。

「何しやがる！」

　押し返したが、吉崎は素早く正眼《せいがん》に構えなおした。ふたたび襲いかかるつもりなのだろう。

　左近は安綱を抜き、あいだに割って入った。

　不気味な薄笑いを浮かべた吉崎が、徳利の酒を飲んで捨てると、本格的に腰を据《す》えて刀を構えた。

　左近は下段に構え、刃《やいば》を峰《みね》に返す。

「舐めた真似を」

　吉崎が言うなり、

「たあ！」

と斬り込んできた。

相手の気を読み取っていた左近は、吉崎より一瞬速く動き、胴を払った。

「おのれ……」

吉崎が負けじと振り向いたところへ、上段から軽く振り下ろされた安綱が額《ひたい》を打った。

白目をむいた吉崎が、刀を落としてその場に崩れるように倒れたのを見て、おはまが息を呑んだ。

すかさず宗形が縄で縛り、横に転がしておいて、

「さ、入るぞ」

と有無を言わさず強引に押し通り、敷居を跨《また》いだ。

宗林を捜して奥の間に行くと、宗林は布団で横になり、息を荒くして唸っていた。

「や、具合が悪そうだな」

宗形が左近のほうを見やる。

――これが、いい物だと言いたいのか。

言葉に出さずとも、目がそう訴えていた。

「今朝から、このように苦しんでおられます」

おはまが枕元で膝を揃え、目を伏せながら口にした。

「仕方ない。出直すか」

早々に退散しようとする宗形を止め、左近が宗林とおはまに言った。

「このままにしておくのはよくない。知り合いの医者を呼ぼう」

「どちら様を」

おはまが不安げに見上げた。

「心配いらぬ。腕は確かな医者だ」

左近は、表に待たせていた西川東洋を連れてきた。

ずいぶんと手回しがよいことに、宗林もおはまも驚いたが、一番驚いたのは宗形だろう。

「ちょうど表で出会ったのだ。運がいいとはこのようなことを言うのだろうな」

などと言い、左近は疑いの目を向ける宗形を無視する。

東洋は苦しむ宗林の夜着《よぎ》を剝《は》ぎ、寝間着の胸を開けて身体を診察した。腹を触診《しょくしん》し、胸を軽くたたいたあとで、耳を当てて音を聞いた。

「ううむ。これは、いかんな」

「先生、どこが悪いのですか」

おはまが顔を蒼白《そうはく》にして訊いた。

宗林はぎょろりと東洋を見て、

「心の……臓か」

医者らしく、悪いところを言い当てた。

東洋は大仰《おおぎよう》にうなずいてみせると、

「このままでは、あと一日持ちますまい」

はっきりと言い切ったものだから、宗林が胸を押さえ、より苦しみだした。

難しい顔をして座る東洋の横で、左近が片膝をついて言った。

「先生、こちらの宗林先生は心の臓が悪いのですか」

「いかにも。相当に弱っておりますな」

「では、心配ない」

「はて……」

「何を隠そう、こちらの木元宗林先生こそ、今をときめく名医。この新見左近が生きておられるのも、先生のおかげなのだ」

「と、申されますと……」

「実は、それがしも心の臓が悪かったのだが……」

左近は、袖から赤い包みを出してみせた。

それを見た宗林、思わず「あっ」と声をあげる。

「これは、宗林先生が作られた秘薬でな。心の臓によく効く薬だ。これのおかげで、それがしもこのとおり元気になれたのだ」

「さようでしたか。では、わたくしの出る幕はございませんな。いや、そうとは知らず、先生、これは出過ぎた真似をいたしました」

東洋が言うと、宗林は目を丸くして、がたがたと震えだす。

「いかん、震えが出ておる。新見殿、その薬を早う飲ませてあげなされ」

「心得た。ささ、先生、ご自慢の秘薬を飲ませて進ぜよう」

「ひいッ」

「いかん、顔色が真っ青だ。ささ、早う飲みなさい」

「や、やめて」

「何を恐れておられる。毒でもあるまいに」

左近は頭を押さえ込み、無理やり口に入れようとした。

「た、助けてくれ」

宗林は必死の形相《ぎょうそう》で左近の腕を振り払い、布団から這《は》い出ておはまの膝にしがみついた。

宗形が前に出て、宗林の肩にぴしりと十手を当てる。

「おう、木元宗林、てめえ、この薬が飲めねえとはどういうことだ」

「そ、それは……」

「てめえが飲めねえのは、毒だと白状したようなもんだ。詳しいことは、番屋《ばんや》でゆっくり聞かせてもらおうか」

「お、おそれいりましてございます」

「おめえもだ、おはま」

おはまはふて腐れた顔をしていたが、ことの重大さに気づいて悲しくなったのか、それとも悔しいのか、大声をあげて泣きだした。

※

数日後、左近はお琴と共に、佐竹屋の暖簾を潜った。

「これは、新見様、お琴さんも。先日は大変お世話になりました」

六右衛門が二人の前で、にこやかに両手をついた。

「よかったですね、お紗江ちゃんが元気になって」

「はい」

お紗江は今、佐吉と二人で箱根《はこね》に行っているらしい。祝言《しゅうげん》が来月に決まり、報告を兼ねて佐吉の実家に行っているのだ。

「これは、預かっていた物だ」

左近は懐から袱紗を出して渡した。中には三百両が入っている。

「新見様、これは」

「宗林の金蔵から返してもらったのだ。遠慮はいらぬ」

「では……」

六右衛門は一旦三百両の包金《つつみがね》を納め、別の銭箱から三百両を取り出した。

「これは、ほんのお礼の気持ちにございます、お納めください」

「そのような気遣いはせずともよい」

「いえ、新見様とお琴さん、それに、東洋先生がお助けくださらなかったら、今頃お紗江はこの世にいなかったでしょう。この店だって、どうなっていたことやら。どうか、三人でお分けくださいまし」

「そういうことなら、お琴、いただいておきなさい」

百両渡すと、お琴が目を丸くした。

「こんな大金、いただけません。六右衛門さん、困った時はお互い様ですよ。それに、わたしは何もしていませんよ」

そう言って、お金を返した。

「そういうことだから」

左近も、二百両を押し返す。

「これはどうも、弱りましたな」

六右衛門は困り果て、苦笑いをした。

あとで聞いた話によると、西川東洋は、ちゃっかり百両、受け取ったらしい。

ところで、左近は初め、宗林の診療所に行った時、その場で魔薬を飲んだはずだ。

傍《はた》から見れば、確かにそうであったが、実は、中身はただの漢方薬であった。

あらかじめ西川東洋に用意させた薬は、お紗江が持っていた魔薬の赤い包み紙を利用して、隠し持っていた物だ。

それを、素早く入れ替えて飲み、お紗江に聞いたとおりに症状を真似て、あたかも魔薬を飲んだように芝居をしたのである。

病気療養中と公儀に嘘をつき、先《せん》に見舞いに来た酒井《さかい》大老と堀田《ほった》老中を見事に騙《だま》くらかしただけあって、左近の芝居を演じる力は、なかなかのものである。

さて、この件で奉行所の裁《さば》きを受けることになった木元宗林は、厳しい調べにすべてを白状した。

りん草の根が人に害をもたらすことを知りながら、金儲《かねもう》けの道具に使った罪は重く、診療所は閉門、市中引きまわしのうえ死罪となった。

おはまは、事件に関与したものの、宗林によって魔薬を飲まされていたことが判明し、お上の慈悲《じひ》により江戸払《えどばら》いが決まった。

宗形次郎に見送られ、実家がある上方《かみがた》へと旅立っていった。

用心棒の吉崎という浪人は、あの日も宗林を助けるでもなく、隙《すき》を見ていち早く逃げ出し、未《いま》だに行《ゆ》き方《かた》知れずとなっている。

奉行所では軽く見ているらしく、探索さえしていないという。

第二話　お琴《こと》の危機

一

鉛色《なまりいろ》の雲が厚く空を覆《おお》っているが、両国橋《りようごくばし》を東に渡った広小路界隈《ひろこうじかいわい》は、いつものように大勢の人でにぎわっていて、どこの店を見ても、大いに繁盛《はんじよう》している。

中でも、近頃新しく店を開いたばかりの呉服屋の左京屋《さきようや》は、上方から仕入れた品を揃《そろ》えていることが評判となり、連日、若い娘がどっと押し寄せていた。

店を切り回すお文《ふみ》という若い女は、お琴の幼馴染《おさななじ》みである。

お琴が姉のお峰と共に引き取られた本所石原町《ほんじよいしわらちよう》の岩城道場に、青物《あおもの》を売るお文の父親が出入りしていたのが知り合ったきっかけだ。

幼いお文を連れての商《あきな》いは大変だろうと、よく雪斎が預かっていたのである。

身分の違いなど気にすることのない幼子たちは、たちまち仲よくなった。

お文はお峰に可愛がられ、お琴とは時に喧嘩《けんか》をしながらも、共によく遊んだものだ。

お文は十二で大店《おおだな》の女中奉公に上がったが、お琴とはたまに会っていたし、互いに店を構えてからは、暇《ひま》を見つけて時々会い、流行《はや》りの話題に花を咲かせたり食事を楽しんでいる。

お琴の三島屋が洒落《しゃれ》た小間物を置くことで話題なら、お文の左京屋は、洒落た着物があることで話題だ。

間口が三間《けん》（約五・四メートル）ほどの、決して大きいとは言えない店であるが、売り場は押すな押すなの大盛況で、それこそ、身体を触れなければ動けぬ状態だ。

そんな喧騒《けんそう》の中、一人の男が、向かいの団子屋の角に身を隠すようにして、じっと左京屋の中に視線を向けていた。

店から若い女が出てくると、値踏みするような目を向けているが、何をするでもなく、また店に視線を戻すのだ。

男の身なりはきちんとしているし、清潔そうな着物も、安物ではないことは一《いち》目瞭然《もくりょうぜん》。ただ、痩《や》せ細った顔の色は青く、目は死人のようにこころの内を見せない。

この男が姿を見せはじめたのは、十日ほど前だ。

毎朝、左京屋の前に現れ、日によっては、日が暮れるまでこうして立っている。

なんとも異様で不気味なのだが、何せ、人通りが多い中でのこと。

団子屋の角に身を潜《ひそ》める男を注意して見る者は、誰もいない。

このように、気配を隠してじっとしている男なのだが、時折、表情に変化を見せる。

今も、一文字に引き締められていた薄い唇《くちびる》が、微《かす》かな笑みを浮かべた。蛇《へび》のような黒目が向けられた先には、客を店先まで送り出したお文がいる。

やや黄がかった茶色の生地《きじ》に扇《おうぎ》の刺繍《ししゅう》を施《ほどこ》した、艶《あで》やかな小袖《こそで》を着た色白のお文は、正確には店の持ち主ではない。

持ち主は辰之助《たつのすけ》といい、歳は四十前だが、日本橋に大店を構えており、そちらには本妻がいる。

まだ十八のお文は、いわゆる辰之助の妾《めかけ》であるが、

「お前は、わたしの恋女房だよ」

と辰之助が常々言うものだから、すっかりその気になっていた。

辰之助の金で店を出し、今は番頭一人、女中二人を使い、店を切り回すお文であった。

その美しきお文の姿をこっそり見守る男の黒目は、帰ってゆく客の姿を追わず、ふたたび店の中に戻ろうとするお文を追った。

奥に姿が消えて見えなくなると、男はまたも唇を一文字に引き締め、身を潜める。

このように、ただお文の姿を見ているだけの男だが、七つ（午後四時頃）を知らせる鐘が鳴りはじめると同時に、表情を憎々しげに歪《ゆが》めた。

表に出たお文が、待ち焦《こ》がれるような表情を両国橋の方角へ向けたからだ。

「ここ最近、この刻限になるといつもこうだ。あいつを待っているに違いない」

男はもごもごと独り言を言い、舌打ちをした。

たった今、お文の前に現れた錺《かざり》職人の清七《せいしち》に、恨《うら》みの念を送るような視線を向けている。

「清七さん、遅かったじゃない。待ちわびたわよ」

「すまねえ、こう仕事が多くちゃあよ……」

親しげに話をする清七の背中を押すようにして、お文が店の中へ促《うなが》した。

「今日のぶんは、これで勘弁してくんない」

清七が風呂敷《ふろしき》を広げ、見事な彫《ほ》り細工の簪《かんざし》を見せた。

途端に客が群《むら》がり、五本すべてが、その場で売れてしまった。

お文が嬉しそうに清七に告げる。

「清七さんの細工はきれいだから、このとおりよ」

お文の言葉に、清七が微笑《ほほえ》みながら応《こた》える。

「それにしても、着物と簪を合わせて売るとは、よく考えたものだ」

「お琴ちゃんが、そうしてみたらって言ってくれたのよ。いい人を教えてあげるからって。それで清七さんと知り合えたんだから」

「へえ、お琴ちゃんが。なぁるほど、そうでしたか」

清七が膝《ひざ》を打って感心した。

「ほんと、いい人を教えてもらったわ」

「いやあ、あっしなんざ。お二人の商才が優《すぐ》れてるんですよ。三島屋と左京屋といやあ、江戸中で評判ですからね」

「あら、お上手ね」

「いやほんと」

「今お茶出すから、休んでってよ」

「いやいや、長居をしたら、旦那様に叱《しか》られちまうから」

「馬鹿、何を遠慮してるのよ。お茶ぐらいで焼《や》き餅《もち》を焼くような人じゃないわ」

「そうですかい、じゃあ、ちょいとだけ」

このように、二人は仕事上の付き合いもあって親しくしているが、外に潜む男は、そうは思っていない。

お文と清七は深い男女の仲に違いないと、勝手に妄想を膨《ふく》らませている。

「ちきしょう、ちきしょう」

外の男が口の中でつぶやき、懐《ふところ》に手を入れた。

家から持ち出した懐刀《ふところがたな》をにぎり、念仏のように、

「殺してやる。殺してやる」

と、つぶやいている。

それからふらりと歩み出し、左京屋の表に立ちすくんだ。

通りを行く者たちが、懐に手を入れている不気味な男に、いぶかしげな目を向けている。

それにも構わず、じっと店の中をうかがっていたのだが、気が抜けたように地面に目を落とすと、両国橋の方角へ帰っていった。

男は行《ゆ》き交《か》う人々の中を、呆然《ぼうぜん》とした様子で歩いている。

肩がぶつかった大工が、

「気をつけろい」

大声を出したものの、蛇のように無表情な黒目で睨《にら》まれ、うっ、と息を呑《の》んだ。

それでも、舌打ちしてその場を立ち去ろうとする大工を呼び止め、男は足下《あしもと》に一両小判を投げた。

「なんでい、こいつは」

「うっかりしていたものでね。ほんのお詫《わ》びのしるしですよ」

「やい、おりゃあ、そんなつもりで言ったんじゃあねえぞ」

大工が小判を返そうとしたが、

「まあそうおっしゃらずに、今夜の酒代の足しにでもしてください」

と、男は左京屋の前にいた時とは別人のような笑みを浮かべながら、大工に小判をにぎらせた。

ふたたび歩みはじめた男の背中を見ながら、大工の仲間が、「へぇ」と感心した。

「さすがは、今をときめく志摩屋《しまや》の若旦那だねえ」

「誰でえ、そりゃあ」

「お前は馬鹿だね。呆《あき》れるぜ、まったくよ。日本橋の志摩屋といやあ、一万石の大名よりも金を持ってるってえ噂《うわさ》だ。そこいらの旗本なんざ、屁《へ》でもねえってやつよ」

「そいつはすげえや。じゃあよ、この一両なんて金は、あの若旦那にとっちゃ、びた銭みてえな物か」

「それ以下だろうぜ。でねえと、肩が触れたぐれえで、てめえみてえな野郎にくれてやるもんか」

「てめえみてえなとはなんだ、この野郎」

「やんのかこら」

火事と喧嘩は江戸の花。殴り合いをする男たちは放っておいて、人々はいそいそと通りを行き交っている。

志摩屋の若旦那と呼ばれた男は、志摩屋左衛門《さえもん》の長男、元久朗《がんくろう》である。

日本橋通三丁目《にほんばしとおり》に戻った元久朗は、志摩屋の暖簾《のれん》を潜《くぐ》った。

「若旦那様、お帰りなさいまし」

元久朗は、迎えた番頭に不機嫌そうな顔でうなずくと、店の中を見回した。

「おとっつぁんはいないのかい」

「はい。ただ今旦那様は、大番頭さんと一緒に八丁堀へ行っておられます」

(八丁堀？　またあの屋敷か……)

元久朗は、一瞬考え込んだ。

「いつ頃戻る」

「今日は大事なご用とかで、遅くなると言っておられましたが」

「そうかい、それは好都合だね」

「今なんと？」

「なんでもないよ。それよりお前、頼んでおいたことはしてくれたんだろうね」

「はい、今朝ほど届きましてございます」

番頭は立ち上がり、こちらへ、と目顔で言う。

元久朗は番頭のあとに続き、屋敷の奥に向かった。

色とりどりの花が咲く庭を囲む廊下を歩み、住み込みの番頭が寝起きしている六畳の部屋に入ると、人目を避けるために、障子を閉めた。

番頭は押し入れの奥に上半身を潜《もぐ》り込ませ、油紙の包みを取り出すと、元久朗に渡した。差し出したその手は、微かに震えている。

包みを開いた元久朗は、

「これで、あいつは終わり。ふ、ふふふ。あの人は、誰にも渡しませんよ」

不気味な笑みを浮かべ、道具を手にした。

黒光りがする一尺（約三十センチ）ほどの短筒《たんづつ》をにぎり、筒先を番頭に向ける。

「わ、若旦那様、何をなさいます」

番頭は叫んで身をかがめ、すっかり怯《おび》えきっている。

「大丈夫、弾は出ないよ」

「……使い方を知っておられるので」

「知るわけないだろう。好きで眺《なが》めるだけさ。だからお前、このことは誰にも言ったらいけないよ。おとっつぁんに取り上げられたらいやだからね」

「はい、それはもう」

「これを取っておきなさい。またお願いするからね」

五両も受け取り、番頭は嬉しそうに頭を下げると、仕事に戻っていった。

二

「志摩屋、その後どうだ。倅《せがれ》はおとなしゅうしておろうな」

「はい、元久朗めが生きておられますのも、あの時、大橋《おおはし》様にことを丸く収めていただいたおかげでございます」

「せっかく、江戸に落ち着いたのだ。桑名《くわな》でしたようなことをさせぬように、よう見張っておれよ」

「はい。しっかりと、肝《きも》に銘《めい》じておきます。これは、今月分にございます」

平伏《へいふく》した志摩屋が大橋を見上げ、菓子折りを差し出した。すかさず後ろに控えていた大番頭が前に出て、大橋のもとへ菓子折りを運ぶ。

蓋《ふた》を開けると、包金《つつみがね》がぎっしり詰められていた。

が、大金を受け取りながらも、大橋の顔がゆるむことはない。

「国許《くにもと》の様子は、いかがにございましょうや」

志摩屋がうかがうと、大橋は苦しげに頭を振った。

「夏の洪水で、田圃《たんぼ》がやられて米が穫《と》れなんだからのう。藩の財政は逼迫《ひっぱく》しておる。国家老は、思い切った人減らしを決断された」

「と、申されますと」

「家臣の減俸《げんぽう》はもちろんのことじゃが、高禄《こうろく》の藩士五十人ばかりに、暇《ひま》を出すつもりらしい」

「なんと」

桑名の地は、濃尾《のうび》平野を流れる木曾三川《きそさんせん》（木曾川《きそがわ》、揖斐川《いびがわ》、長良川《ながらがわ》）が、合流と分流を繰り返す流域にあるため、たびたび洪水に見舞われた。

特に、慶安《けいあん》三年（一六五〇）の大洪水では、六万石以上の米が穫れなくなるという大被害をこうむった。

こうした自然災害に何度も襲われる藩の財政を支えているのは、古代から栄えた良港都市と、東海道五十三次《とうかいどうごじゅうさんつぎ》の四十二番目の宿駅《しゅくえき》である。

だが、やはり米の収穫が減っては、藩の財政は苦しくなるばかり。

「こうも洪水が続いたのでは、家臣を食わせていけぬとな」

大橋安長《やすなが》は、半年前より江戸屋敷次席家老の職にあるが、筆頭家老の補佐的な存在であるため、形式上の合議こそすれど、藩政に口出しは許されない。

そのため、いつ首を切られても不思議でないことを、自覚している。

現に、前の次席家老は、筆頭に上がるどころか、藩から暇を出され、今は行方がわからない。

「わしも、このままでは危ういのだ」

「噂には聞いておりましたが、そこまでとは」

他人《ひと》ごとのような志摩屋の物言いに、大橋の表情はますます険しくなり、威圧的な声を発した。

「志摩屋、例の物、もっと作る量を増やせぬのか」

「無茶でございます。腕のいい職人は、そうそう見つかるものでは、それに……」

「……なんじゃ」

「あまり手を広げすぎますと、ご公儀の目を引くことになろうかと」

「そのようなことを申しておる場合ではない。わしが藩を追われたら、志摩屋、おぬしも無事ではすまぬぞ」

「そう申されましても、急には」

「ええい、なんとかいたせ。あと一万両もあれば、わしは筆頭家老になれるのだ」

それを聞き、計算高い志摩屋はわざと大げさに、

「それは、まことにございますか」

と、腰を浮かせて言った。

途端に得意顔となった大橋が、身を乗り出す。

「おぬしが殿様なら、家臣を減らすことしか考えぬ男と、金を蔵に入れる男、どちらを筆頭家老にする」

「言わずもがな、大橋様にございます」

「であろうが。窮《きゅう》すれば通ずと申す。藩の財政が苦しい今こそ、筆頭家老の座を我が物にする時ぞ」

「まさに、そのようでございます」

「損はさせぬぞ。わしが筆頭家老になれば、藩政は思いのまま。志摩屋、おぬしたち一家も、国へ戻れるのだ」

息子の不祥事《ふしょうじ》で桑名の家屋敷と財産を失った志摩屋は、元は桑名の城下で海産物問屋を営んでいた。

桑名といえば、日本一の蛤《はまぐり》。良質の蛤がたくさん獲れるため、漁師村などは、貝殻《かいがら》で分厚い地層ができるほどであったとか。

志摩屋は、蛤の佃煮《つくだに》(のちの時雨蛤《しぐれはまぐり》)や、日持ちがする焼き蛤の加工品を扱う商売で財をなしていたのだ。

「桑名に戻るのは、わたしの夢でございます。そのために、大橋様の片腕となり、今の商売をしているのですから」

「では、迷うことはあるまい」

「わかりました。今一度、腕のいい職人を探して、作る量を増やします」

「急げよ、ことは一刻を争うでな」

志摩屋は深々と頭を下げ、座敷をあとにした。

廊下から人の気配が消えるのを待って、大橋が背後に声をかける。

「又蔵《またぞう》はおるか」

「御意《ぎょい》」

奥の襖《ふすま》が開けられ、羽織袴姿《はおりはかますがた》の侍が姿を見せた。

「首尾《しゆび》は」

「うまくいってございます」

「ふふ、そうか、少なき米の蓄《たくわ》えが燃えたか。さぞかし、殿もお嘆《なげ》きであろうな」

「そこへ、江戸から米と二万両が到着いたし、殿はいたくお喜びになられたとか。近く、直々《じきじき》のお出ましがあろうかと」

「そういえば、江戸に来られる時期であるのう」

「また、金がいりまするな」

「さらに一万両も送れば、藩の財政は立ち直る。さすればいよいよわしも、筆頭家老に昇進じゃ」

「はい。ただ気がかりなことも……」

「なんじゃ」

「国家老が金の出どころを探る動きを見せております」

「ふん、己の身を案じてのことであろう。わしが筆頭家老になれば、あ奴は失脚、一門はしまいじゃからのう」

「そうなる日も近いかと」

「もうひと押しじゃ。殿を迎える準備を怠《おこた》るでないぞ」

「はは」

三

その夜――。

近頃は日が暮れても商いをする店もあり、日本橋界隈は人通りも多い。そんな中で、両替商の志摩屋は早々と店を閉めていた。

志摩屋のあるじ左衛門は、早めに夕餉《ゆうげ》をすませ、奥の部屋に大番頭と二人して籠《こ》もったままだ。

深刻に考え込む二人の表情は、蠟燭《ろうそく》の明かりが作る陰影のせいか、不気味である。

左衛門が、首筋を手でなでながら言った。

「さて、どうしたものかな。大橋様の要求に応じるには、どうしてもあと二、三人、腕のいい職人がいるぞ」

「かといって、簡単に見つかるものではございません。今使っている職人は、いずれも借金を帳消しにするのが条件で従わせております。他に金子《きんす》を貸している職人はおりませんし、雇うといっても、仕事が仕事ですから難しいかと」

大番頭は、大橋の要求を拒《こば》むことをすすめた。

「そう言ってもな、為吉《ためきち》、今さら断れないぞ。それに、あのお方がご出世なされたら、桑名に戻れるのだ。危険を冒《おか》す価値はある」

六十歳になる左衛門は、この頃、自分の寿命が残り少ないと思いはじめていた。

倅が起こした事件がきっかけで桑名を追放されて、五年になる。

江戸に来て、なけなしの金を元手に両替商をはじめたのだが、思いのほかうまくゆき、三年で大店にのし上がった。

それこそ、血のにじむような働きをしたし、ずいぶんとあくどいこともした。

しかし、今となってみれば、しなくてもいい苦労だったような気がしている。

特に、江戸で大橋と再会してからの苦労は、尋常ではない。

「わたしはね、この店にも、例の仕事にも執着はない。桑名に戻って、静かに暮らしたいだけだ。桑名に戻れるようになったら、為吉、この店はお前にまかせる。だから、なんとかうまくやっておくれよ」

その言葉で、大番頭の表情が変わった。

「店をまかせるなんて滅相《めっそう》もございません。後継ぎには、若旦那様がおられます」

「あれに、この仕事はできないよ。桑名に連れて帰って、蛤の商売をさせる」

「はあ……さようにお考えでしたか」

残念そうに言うが、大番頭の表情は明るかった。

「だからな、早く腕のいい錺職人を探し出して――」

「しぃ」

大番頭が会話を止めた。

障子の外に蠟燭の明かりが止まり、

「おとっつぁん」

と低く、陰気な声がした。

障子を開けると、元久朗が膝をついて座っている。

左衛門は眉間《みけん》に皺《しわ》を寄せ、今大事な話をしている、と息子を突っぱねた。

ところが――。

「腕のいい錺職人を知っているのですがね。話を聞いてくれないのなら、仕方ない」

立ち去ろうとする元久朗を呼び止め、左衛門は目を据《す》わらせた。

「お前、どこまで話を聞いていたんだい」

凄《すご》みのある声に、元久朗は慌《あわ》てた。

「ここへは今来たばかりです。錺職人以外のことなんざ、何も聞いちゃおりませんよ」

「そうかい。で、用事はなんだ」

「……………」

左衛門が探るような目で訊《き》いた。

「用があるから、奥へ来たんだろう」

元久朗は目をそらし、

「嫁にしたい女が……」

恥ずかしそうに、言葉尻を濁《にご》す。

思わず、左衛門は目を見開いた。

横で大番頭が、またか、と言いたげに表情を曇らせる。だが、左衛門の視線を受けて、身を乗り出した。

「若旦那様、桑名での仕置きをお忘れですか。もう二度と、同じ過《あやま》ちはしないと誓ったはずですが」

「黙れ、そんなことはわかっているよ」

「でしたら、縁談は旦那様が決められるまで――」

「惚《ほ》れてしまったんだよ。おとっつぁん、この気持ちは、どうにも抑《おさ》えられない。どうしても、左京屋の女将《おかみ》を嫁にしたいんだ」

「左京屋？」

「若旦那様、女将と申しますと、旦那がいるのでは？」

「いない。いるもんか。見たことがないし、歯を鉄漿《かね》で染めていないからね」

「どうせ、誰かの妾だろうよ」

「そんな男はいないさ」

元久朗は必死に頼んでいるが、左衛門も大番頭も、気持ちは冷めきっている。

桑名での事件は、元久朗がこのような話を持ち出してきたのがきっかけだった。

和菓子屋の娘に惚れたと言い、縁談をまとめてくれるよう左衛門に頼んできた。

そろそろ息子に嫁をと考えていた左衛門もその気になり、相手に話を持ち出した。志摩屋は、地元では名が知れた大店。断られるはずはないと、確信していた。

ところが、話を持ち出したその場で断られた。

相手の娘は、すでに縁談が決まっていたのである。

そのことを告げると、元久朗はあっさりあきらめた様子だったので、左衛門もすぐに、その縁談のことは忘れた。

だが、元久朗はあきらめていなかった。

和菓子屋の娘をこっそりつけて、つきまとうようになったのだ。

日を増すごとに行為は激しくなり、ついに、相手の娘を無理やり自分の物にしようと、人気《ひとけ》のない場所で襲ってしまった。

元久朗は身体が小さく、力も弱い。娘は激しく抵抗し、なんとか操《みさお》を守った。

気が強い娘はその場から立ち去らず、元久朗を見下げ、激しく罵《ののし》ったのだ。

その日はそれで無事にすんだのだが、元久朗の執念深さは尋常ではない。

それから二日後、真夜中に和菓子屋に火を放ち、元久朗は一家もろとも、娘を殺してしまった。

町役人《ちょうやくにん》は、娘につきまとっていた者の仕業《しわざ》と断定し、元久朗を捕らえた。

本来ならば、元久朗はもちろん、下手人《げしゅにん》を出した罪で一家全員が処罰されるところを、当時、桑名藩の奉行をしていた大橋に救われたのだ。

これは、左衛門が己の命と倅を助けるために手を回したのではなく、大橋のほうから、金で解決してやると持ちかけてのことだった。

和菓子屋は一家全滅し、異議を申し立てる者はいない。金と権力に欲深い大橋にとっては、好都合な事件であった。

左衛門が屋敷と財産を大橋に差し出したことで、罪が軽減されて所払《ところばら》いとなった。それからすぐに、親子二人だけで江戸に向かったのである。

桑名で奉公していた大番頭の為吉は、左衛門が江戸で商売をはじめたことを知り、二人のあとを追ってきた。

それから長い苦労があったのだが、あとひと踏ん張りで桑名に戻れる。そのような時に、倅の悪い癖が再発した。

左衛門も為吉も、また同じ過ちを犯《おか》すのではないかと、心配顔だ。

「桑名のようなことはごめんだぞ、元久朗」

左衛門は、睨むように息子を見、声音《こわね》を厳しくした。

「どうなんだい」

「わたしも馬鹿ではありませんからね。同じ過ちは犯しませんよ。それで、おとっつぁん。実はその左京屋に、腕のいい錺職人が出入りしてるんですよ」

元久朗は、左衛門の前に簪を出してみせた。

お文に近づきたいがために店を訪れ、恋敵《こいがたき》と思い込んでいる清七が作った品物を買い求めていたのだ。

「これは見事な……」

左衛門は、銀の簪に施された細工に目を奪われた。

「渋谷《しぶや》の仕事場に押し込めるのは、惜しいほどだな」

「旦那様、これだけの腕を持つ職人でしたら、きっと大店が抱えているはず。金で動くとは思えませんが」

「しかし、これほどの腕なら、さぞかし仕事も速いだろうな。なんとか手に入らぬだろうか」

そこで、元久朗の目が狡猾《こうかつ》そうに光った。

「わたしにいい考えが」

「うん。言ってみなさい」

ささやくように元久朗が打ち明けると、左衛門は瞠目《どうもく》した。

「お前という奴は……さては、そのためにこの話を持ち出したな」

「旦那様、若旦那様の案は危険です。その職人の仕事に関わる者が、さすがに黙っていないかと」

「まあ、それはなんとかなる。行方知れずになったことにでもして、渋谷の仕事場に死ぬまで押し込めておけばいい」

左衛門が言うと、元久朗は見くだすように、大番頭へ薄笑いを向けた。

「うまくいけば、この店が手に入るんだ。せいぜい頑張りな」

元久朗が大番頭を脅《おど》すように言ったのは、共に奥の部屋を出て、廊下を歩いている時だった。

二人の話を盗み聞きしていた元久朗は、お文を我が物にするためのうまい手を思いつき、面倒な仕事を大番頭に押しつけたのである。

四

翌朝、谷中のぼろ屋敷を出た新見左近は、通りに見知った顔を見つけて、莞爾《かんじ》と微笑んだ。

「およね、朝早うにどこへゆく」

駆けてきたらしく、およねは苦しそうに息を吐き、左近の名を呼ぶ声も切れ切れである。

「どうした、何かあったのか」

「おかみさんが、どうしよう、おかみさんが」

唇を震わせながらそう言うばかりだ。

ただならぬ様子に、左近は目を見張った。

「お琴がどうした。おい、泣いていてはわからんぞ」

「たった今、八丁堀の宗形の旦那から使いが来て、おかみさんがかどわかされたって言うんですよう」

話の途中で、左近は走り出していた。

安綱の鞘《さや》をにぎり、藤色の着流しの裾《すそ》を端折《はしょ》って全速で走った。

三島屋に着くと、店の前で小五郎とかえでが待っていた。かえでとは、甲府藩の女忍びであり、主君を守るため、普段は小五郎の女房を装《よそお》っている。

左近を認めると、二人とも神妙な面持《おもも》ちで頭を下げてきた。

「何があったのだ」

「おお、旦那」

店の中から声がして、戸口から中年の男が顔をのぞかせた。同心宗形が使っている、岡《おか》っ引《ぴ》きの治平《じへい》だ。

「親分、何があったのだ」

「おい、く、く、苦しい……」

思わず、左近は治平の胸元を締め上げていたようだ。

「すまぬ……」

手を離すと、治平がぜえぜえと喉《のど》を鳴らして表情を曇らせた。

「……お琴はどうしたのだ」

「お琴ちゃんは、夕べ、左京屋に泊まったので？」

「ああ、泊まりに行くと聞いていたが」

「そうですかい」

「何があった」

「今朝方、その左京屋に押し込みがあったんでさ」

「何、押し込みだと」

「押し込みといっても物取りじゃねえんで。お文が攫《さら》われたんでさ。それで、お琴ちゃんは左京屋のお文と幼馴染みだと聞いていたんで、話を聞こうと思って来たら……昨夜は、左京屋に泊まってるっていうじゃねえですか。もう、驚いたのなんの。おまけにまだ帰ってないってんで、こりゃ一緒に攫われたにちげえねえ、となったんでさ」

「左京屋に案内してくれ、親分！」

「へ、へい。行きやしょう」

左近は、左京屋がどこにあるか知らなかった。ただ、幼馴染みが店を出したことは、お琴から聞いて知っている。店が落ち着いたら遊びに行く約束をしていたらしく、それが、昨日だったのだ。

治平の案内で左京屋に着くと、表の戸が開けられていた。賊は堂々と表の潜《くぐ》り戸《ど》を蹴破って押し入ったらしく、木戸が内側へ飛ばされていたという。

お琴とお文は抵抗をしたらしく、店の中は物が散乱し、争った跡がある。

土間には、黒い染みが点々と残っていた。指につけてみると、ぬるぬるした感触があり、金気臭《かなけくさ》い。

「血だ」

検分をしていた宗形に言われ、左近は、何も考えられなくなった。

――いったい、お琴に何が起きたのだ。なぜ攫われる。

岡っ引きの治平親分が下《した》っ引《ぴ》きに指図し、現場に明かりを入れるため、戸を全部開けさせた。

「攫われたのは、夜中のようだな」

十手で肩をたたきながら、宗形が言った。番頭と女中は通いのため、夜はいないらしい。

「誰か、深手《ふかで》を負ってる者がいるぜ」

左近が見た血の黒い染みが、点々と表に向かっている。

それを追った宗形が、鋭い目を両国橋の方角へ向けた。

通りに残る血痕《けっこん》を追うと、広小路を少し進んだあたりで消えている。

舌打ちをした宗形は、ふたたび橋の方角を睨んだ。

「治平」

「へい」

「怪《あや》しい者を見なかったか、近くの自身番《じしんばん》を片っ端から聞き込め」

「合点《がってん》だ」

おう、と下っ引き二人に声をかけ、治平が通りを南にくだっていった。

血痕を追う宗形に、

「川に出たかもしれぬぞ」

と左近は言い、大川《おおかわ》を川上に向かった。

川沿いを探索し、船着き場にいた船頭たちに訊いてみても、手がかりは得られなかった。

「やはり陸路だ。血の痕《あと》が途絶えたのは、駕籠《かご》に乗せられたに違いないぜ」

「お琴が怪我《けが》をしていると申すか」

「まあそう怖い顔をしなさんな。お文かもしれないし、賊のものかもしれぬ。おれは戻るぜ」

探索の目はこっちが上だと言いたげに、宗形が町中へ戻っていった。

夜は、町の境界にもうけられた木戸が閉められる。攫った者を駕籠に押し込んだとしても、番屋の目を盗んで通り抜けることは難しいはずだ。

とはいえ、賊が番屋の役人を買収していれば別だが……。

陸路は宗形にまかせることにした左近は、川沿いをもう少し調べてみた。

お琴は、おなごとはいえ、剣豪、岩城雪斎に育てられた者。攫われたとしても、気を失ってさえいなければ、何か手がかりを残しているはず。

藤堂和泉守《とうどういずみのかみ》家下屋敷の土塀《どべい》を右手に見つつ、川上に歩いていくと、川岸の枯れ草の中にきらりと光る物があった。

身をかがめてみると、見事な彫り細工が施された銀の簪だった。

拾い上げて、左近は愕然《がくぜん》とした。紛《まぎ》れもなく錺職人の清七が作った簪であり、お琴がいつもつけていた物だ。そして簪の先には、べっとりと血がついている。

左近は、ゆるりと流れる大川の水面《みなも》を見つめた。ここから舟に乗せられたのなら、連れ去られた道筋がわからぬ。

ぷっつりと糸を切られたような気がして、呆然とした。

ふと気配に気づき、顔を向けると、じっと地面を見ている者がいた。

大の男が昼の空の下で身をかがめて、地面に目を走らせ、何かを捜している。

(もしや、お琴を攫った一味の者が、痕跡《こんせき》を消しに現れたのかもしれない)

なぜかそう思い、気づかれぬように簪を落とすと、その場を離れて様子をうかがった。

男は草の根を分けてまで、必死に捜し物をしている。やがて、左近がいたあたりまでくだってくると、ふと、動きが止まった。視線は、じっと草の中に注がれている。そして、簪を拾い上げた。

確かめるように見つめた男は、すぐ懐に忍ばせ、道を南にくだっていった。

――お琴を攫った者か。

左近が男の背中を追っていると、視界の中に、小五郎がつと現れた。

（おまかせを）

目顔でそう言ってうなずくと、小五郎が背を返し、男の跡をつけはじめた。

依然《いぜん》として不安を感じつつ、左近が左京屋に戻ると、心配顔のおよね夫婦と、一足先に戻った治平親分がいた。

およねは左近の顔を見るなり、大粒の涙を流して泣きだした。権八がなぐさめているが、どうにも心配で、悪いことが頭に浮かんでならないという。

「お琴は無事に決まっている」

左近は自分にも言い聞かせ、治平に視線を向けた。

「親分、何かわかったか」

「いえ」

治平は首を横に振った。

「それより旦那、川岸をのぼられたようですが、どこへ行かれたんです」

探るような目をする治平に、左近はことの次第を話して聞かせた。

「なぁるほどね。お琴ちゃんのことだ。きっとその大川の岸に、目印になる簪を落としたんじゃないですかい」

「左近様、どうして捕まえなかったのさ」

「おい、およね、無茶を言うんじゃねえ。悪人と決まったわけじゃねえし、もしそうなら、下手《へた》を打つとお琴ちゃんの命だって危うくなるんだぜ」

親分の言葉に、たちまちおよねはおとなしくなった。

「実は今、小五郎が男のあとを追っている」

「小五郎って、お隣の？」

「心配して、両国まで来てくれていたのだ」

自分の家来で、甲州忍者の頭目《とうもく》であると言えるわけもなく、左近はそうごまかした。

すると、治平が口を挟む。

「しかし旦那、その男は怪しいですぜ」

「……小五郎がか」

「まさか。その、簪を持っていった野郎ですよ」

「なぜそう思う」

「番屋を当たってみたんですがね。両国橋界隈の木戸をそれらしい駕籠は通ってねえんでさ」

「では、やはりお琴は舟に乗せられたか」

「今下っ引きを走らせて、船宿《ふなやど》の聞き込みをさせておりやす」

一刻（約二時間）が過ぎた頃、小五郎が息を切らせて戻ってきた。

息を切らせているくせに、汗ひとつかいていないのは、忍びであることをごまかすために、わざと苦しそうにしている証拠。

「おう、お疲れさん。怪しい野郎はどこへ行ったかね」

治平が勢い込んで訊くと、小五郎はへいと答えて、男の行方を教えた。

「両国橋を渡った男は、八丁堀に入ると町の中をあちこち回ったあとで、大名屋敷の裏門から中に入っていきました」

「何、大名屋敷だと！」

治平が目を丸くした。

「町をあちこち回るとは、その者、跡をつける者がいねえか警戒していたな」

「おそらく」

「で、どこの屋敷だね」

小五郎が治平に視線を向けた。

「桑名藩、松平越中守《まつだいらえつちゆうのかみ》様の上屋敷で」

「桑名藩の上屋敷なら、表まで舟で行けるな」

左近が言うと、

「ちきしょう、相手が大名なら、町方は手が出せねえ」

治平が残念そうに言い、急に元気がなくなった。

「まして、その野郎が悪人かもわからない状態じゃ、門をたたくことすらできねえぜ」

それから半刻《はんとき》(約一時間)ほどして、宗形が店に戻ってきた。

表情は暗く、手がかりはないと言う。

間を空けずして戻った下っ引きの二人も、手がかりを得ていなかった。

「いったい、どこへ消えちまったんだ」

店の中を見回しながらつぶやく宗形に、治平が言った。

「旦那、新見の旦那が怪しい野郎を見つけなすっておりやすがね」

桑名藩邸に入ったことを教えると、宗形は一瞬だけ左近の顔を見て、すぐ治平に言った。

「娘が二人も攫われてるんだ。相手が大名だろうが構わねえから、おめえら手分けして屋敷を見張ってろい」

「合点だ」

ぱっと表情を明るくした治平は、下っ引きを連れて桑名藩邸に向かった。

「あのう」

治平たちと入れ替わりに、表に訪《おとな》う声がした。

見ると、五十絡みの痩せた男が立っている。

「なんだ、おやじ」

腰に前掛けをした男は、向かいの団子屋だと言った。

「騒がせて申しわけない。商売の邪魔をしておるな」

宗形が言うと、男は首を横に振った。

「いえ、そんなことはいいんで。それより、お文ちゃんのことで、思い出したことがあるんでさ」

「お文がどうしたんだ」

「へい、あっしの言うことなんざ、役に立つかどうかわかりやせんが……」

「どんなことでもよい、教えてくれ」

「へい。何日か前から、どうにも薄気味悪い野郎が、この店の様子を探っていたんで」

おやじは自分の店の角を指差した。

「あそこに身を潜めて、長い時は一日中見ているんで、女房が気味悪がっていたんです」

「どこだ、案内しろ」

皆で外に出て通りを横切り、宗形が同じ場所に立ってみた。

「確かにここからだと、細い路地に身を潜ませながら、店を見張ることができるな」

「やだ、気持ち悪い」

およねが気味悪がっている。

宗形が問う。

「おやじ、その野郎の顔に覚えはないのか」

「へい、どこの誰かまでは……」

「そうか、よう知らせてくれたな。これを取っといてくれ」

「八丁堀の旦那、あっしはそんなつもりじゃ」

「ほんの礼だ。その男を見かけたら、すぐに知らせてくれぬか」

一両小判に仰天《ぎようてん》しながらも、

「そういうことでしたら、ありがたく頂戴《ちょうだい》いたしやす」

おやじは承諾したあとで、もうひとつ、何か思い出したようだ。

「そういやあ」

と、記憶を手繰《たぐ》るように遠くを見ながら、

「店に出入りしていた若い衆、名はなんといったっけな。錺職人の……」

「……もしや、清七では」

左近が思わず口を挟んだ。清七をお文に紹介したのはお琴だ。

「そうそう、清七さんだ。昨日、清七さんが、お文さんのところに品物を届けに来た時なんざ、その男はたいそう恐ろしい顔をしていたらしいんで。なあ、婆さん。おめえ、見たんだろう」

すぐ近くで客に団子を運んでいた女は、婆さんと言うにはまだちと早い、色艶《いろつや》のよい年増女だ。

「ああ、見たよ。二人が表で話しているところを見ながら恐ろしい顔してさ、何かぶつぶつ言ってたから気味悪くて。お文ちゃんには、変な男がうろうろしてるから気をつけなよって、前から言ってたんだけどねえ」

「では、その男が二人を攫ったのだろうか」

左近の言葉に宗形が顔をしかめ、目的は金じゃねえのか……とつぶやく。

「一人暮らしの女を狙った事件が増えているというじゃないですか。まったく、いやな世の中になっちまったもんですよう、旦那」

言って、団子屋の女房は、頭を下げて店に入っていった。

「新見殿、清七とは誰のことだ」

そこで、宗形が鋭く訊いてきた。

「店に品を卸している者だ。本職は簞笥《たんす》の錺職人だが、彫金《ちようきん》の腕に惚れたお琴が、無理を言って簪を作ってもらっている」

「ほぉう。じゃあ、清七が何か知っているかもしれんな」

「清七さんなら、そろそろ来ますよ。毎日決まった刻限に来てましたから」

団子屋のおやじはそう言ったが、清七はなかなか現れない。

「おかしいねえ、そろそろ来てもいい頃だけど」

「気ままな職人のことだ。どっかで油でも売ってるんだろうよ」

宗形が頬《ほお》をかきながら言うと、およねが反論した。

「そんなことないですよ、旦那。清七さんは真面目な人だからね、三島屋に来る日でも、これまでいっぺんも、黙って来ないなんてことなかったんですから」

待った。


「ふうん、そうかい」

それからなおも待ち続けたが、やはり清七は現れない。

あてにならねえから一旦奉行所に戻る、と言う宗形を見送り、左近は店の中で待った。

お文の店は、日本橋を拠点に手広く商売をする、辰之助という男の持ち物だ。

身代金が目的ならば、賊が何か言ってくるはず。

左近はそう思い、捜し回りたいところをぐっと我慢して待っていた。

そんな中、桑名藩邸を見張っている治平親分から知らせが来た。

下っ引きが言うには、桑名藩邸に怪しい動きはないらしい。

「あっしも現場にいたんですがね。静かなもんでござんすよ。宗形の旦那が、帰ってこいとおっしゃるもんですから、親分もそろそろ引きあげるそうで」

相手が松平を名乗る桑名藩とあっては、町方役人が監視するだけでも差し障《さわ》りがあるのだろう。因縁《いんねん》をつけられて斬られても、文句は言えぬ立場だ。

伝えることを伝えた下っ引きは、そそくさと帰っていった。

大小問わず、武家が絡むと、町方は途端に動きが鈍《にぶ》くなる。

痺《しび》れを切らした左近は、簪を持ってこない清七の家に行ってみることにした。

無断で来ないことなどあり得ないと言うおよねの言葉を信じて、一縷《いちる》の望みをかけたのだ。

およねに家の場所を訊き、小五郎に留守を頼むと、神田の本銀町《ほんしろがねちよう》に急いだ。

主に職人が暮らすこの界隈は、鍛冶町《かじちよう》や塗師町《ぬしちよう》など、職の名がついているところが多い。

清七の長屋がある本銀町は、銀細工師の町だ。表通りを歩いていると、彫金をする音が、あちらこちらから聞こえてくる。

清七は個人で仕事をしているらしく、仕事場を兼ねた長屋に住んでいた。

どぶ板を踏んで歩き、清七の家の前に立つと、井戸端にいた住人に珍しそうな目で見られた。

「ごめん」

左近の声に返事はない。

身体の具合でも悪いのかと思い、腰高障子《こしだかしようじ》に手をかけ開けてみた。

留守らしく、掃除が行き届いた部屋に、人の姿はない。

無駄足であったかと落胆し、仕方なく帰ろうとした左近だが、視界の端に気になるものを捉《とら》えた。

手紙だ。

無造作《むぞうさ》に投げ置かれた手紙を読んだ左近は、怒りに身を震わせながら、矢のように長屋から飛び出した。

五

その頃、清七は、手紙に記されていた場所に来ていた。

田圃に囲まれた竹藪《たけやぶ》に踏み入ると、中は意外に広く、奥に小さな祠《ほこら》がある。

このあたりの百姓が管理しているのか、祠には真新しい注連縄《しめなわ》がかけられていた。

静まり返った竹藪の中は気味が悪い。

だが、不安な気持ちのほうが勝《まさ》っている清七は、おどおどとあたりを見回しながら待っていた。

すると、入口のほうから人の足音がして、数人の男が現れた。

祠の前に立ち尽くす清七にまっすぐ近づくと、頭目らしき男が、

「清七だな」

と、居丈高《いたけだか》な態度で尋ねてきた。

皆藍《あい》の無印の半纏《はんてん》を着ているが、元は無頼者なのか、いずれも人相が悪い。中には、匕首《あいくち》のありかを示すように、懐に手を入れている者もいる。

清七が震える声で返事をすると、頭目が厳しい目であたりの様子をうかがい、

「誰にも言っていないだろうな」

と念押しをした。

清七は勇気を振り絞《しぼ》った。

「言っちゃいねえ。それより約束を守ったんだ。お文ちゃんを返してくんな」

「それはあとだ。さあ来い」

「な、何すんだよう」

たちまち周りを囲まれ、抵抗する間もなく目隠しをされて腕を縄で縛られた。

竹藪の外に連れ出されると、頭を押さえて駕籠に押し込められた。

どこをどう走ったのかはわからないが、どこかの屋敷に入ったところで駕籠から出され、冷たい空気が漂うところに押し込まれた。

そこで、縄を解かれ、目隠しをはずされた。

清七は思わず息を呑んだ。

予想に反して、そこは屋敷ではなく、穴ぐらだった。

頑丈な格子《こうし》で仕切られた部屋は、紛れもなく牢屋である。小さな明かり取りが上にあるだけで、窓もなく薄暗い。

「旦那が来るまで、そこでおとなしくしてろ」

薄暗い牢屋で、清七はすっかり途方に暮れた。どうしてこんなことになったのか、皆目《かいもく》見当がつかないからだ。

長屋に投げ込まれた文には、

──お文を預かった。無事に帰してほしければ、指定した場所に来い。他言すればお文の命はない。

と書かれ、場所が記されていただけだ。

そろりと戸を開け、首だけ出して長屋の外を見ると、なんと見張りらしき男もいる。自分が番屋に駆け込めば、おそらくお文の命はないだろう、と思った。

世話になっているお文を助けるためならば……というより、実は、お文を愛《いと》しむ感情に突き動かされた清七であったが、まさかこのようなことになろうとは思ってもいなかった。

夕方が近くなった頃、清七の牢屋の前に、志摩屋左衛門が現れた。

もちろん、志摩屋を知らない清七は、蠟燭の明かりに照らされた男の身なりを見て、それでもどこかの大店のあるじかと予想した。

他にも、覆面で顔を隠した侍と、用心棒らしき浪人が数人、付き添っている。

相手が言葉を発する前に、清七は格子越しに訴えた。

「なんだか知らねえが、牢屋に入れられるようなことをした覚えはねえ。とっと出しやがれ」

伝法《でんぽう》な口調で強がってみたが、相手はびくともしない。

志摩屋が悪賢そうな顔を近づけ、

「それは、お前さんの返答次第だ。清七、これから十日ほど、お前さんの腕を貸してもらうよ」

煙草臭《たばこくさ》い息を吐きながら、そう言うのである。

「何をやらせるつもりだ」

清七の声音が変わった。

「どうせ、ろくなことじゃあるめえ」

「なあに、お前さんにとっては簡単なこと。これと同じ物を作ってくれたらいいんだよ」

そう言うと、志摩屋は財布から小判を出した。

思わず、清七は目を見開いた。

「に、偽《にせ》小判を作れだと……」

「ああ、そうだよ。きっちり仕事を終えてくれたら、左京屋のお文と、もう一人の娘を無事に帰してやろうじゃないか」

「もう一人の娘？　誰だい、そりゃ」

「確か、お琴……」

「なっ！」

「その顔だと、どうやら知っているようだね」

清七は愕然としていた。

「なんでお琴ちゃんまで……」

岩城雪斎から簞笥の飾り物を依頼されて、清七は石原町の道場へ通っていたことがある。その頃、お琴は独立する前だったので、清七の仕事を見に来ては、

「まあ、きれい」

次々と彫られる飾りを見て、感激していた。

そのお琴から、簪を作ってほしいと頼まれて、清七は初めて銀の簪を彫った。

それをいたく気に入ってくれたお琴は、独立して三島屋を開くと、すぐに清七の

ところへやってきて、店で売る簪を作ってくれ、と頼んできたのだ。

今では、簞笥の飾りより、お琴の店に卸す簪のほうが本業になっている。

――その大事な人を攫うとは。

清七は志摩屋を睨みながら叫んだ。

「なんてことしやがる！」

「仕事を、してくれるね」

「断ったらどうなるんでい」

「娘たちは女郎屋《じょろうや》、お前さんには一生ここで暮らしてもらうことになるだろうね」

「てめえら、おれをここで働かせるために、お文ちゃんとお琴ちゃんを攫ったのか！」

「まともに頼んで受けてもらえる仕事じゃないんでね」

「二人は無事なんだろうな」

「倅が手厚くもてなしているよ。今回は急ぎの仕事だったので少々手荒な真似《まね》をしたが、元々、わたしは争いごとが嫌いでね。どうか安心して、明日から働いておくれ」

「今すぐ二人を解き放て。でないと働かねえぞ」

「見返りは、先ほど申したとおり。仕事をしないのなら、娘を売り飛ばすまでだ。あれだけの器量だ、一人千両にはなるだろうね」

以後の会話を拒むように、志摩屋が背を向けた。

「待ちやがれ」

「…………」

「……わかった、やりゃいいんだろ、やりゃあ」

清七の声を背中で聞いた志摩屋は、しめた、とほくそ笑んだ。

「では、頼んだよ」

牢屋の前から立ち去る志摩屋たちと入れ替わりに、先ほどの下っ端が現れ、道具と鉛の薄板を前に揃えた。

「仕事に入る前に、まずは彫金の腕を見させてもらいます。言っておきますが、手抜きはしないように。もし使い物にならなければ、この場で死んでもらいますからね」

清七はおもしろくなさそうに睨むと、与えられた道具を使って、作業をはじめた。

手の速さに下っ端が瞠目しているが、これが普通だと言わんばかりに平然と作業を続ける。

「できたぜ」

鉛色の小判ができあがった。これに金箔《きんぱく》を貼って仕上げるのだが、地金《じがね》のできが悪ければ、一目で偽物だとばれる。

手下の者が小判を拾い、本物とくらべた。

これだけ手が速ければ見映《みば》えが悪かろうと思っていたが、見分けがつかぬほどの見事な出来映えである。

「やるじゃねえか」

素直に腕のよさを褒《ほ》められ、夜は酒を飲ましてやると言われたが、悪人どもと交わす杯《さかずき》などあるはずもなく、清七は奥に引っ込むと、そのまま床に寝転がった。

——一足遅かったか。

左近は、田圃の中の竹藪に来ていた。

小さな祠があるだけで、手がかりになりそうな物といえば、足下を覆う竹の落葉に、何かが引きずられた跡が残っているくらいだ。

清七はここで誰かに会い、そして、無理やり連れ去られたのだろう。いったい、どこへ連れていかれたのか。

竹藪の外へ出た左近は、周囲を見渡した。

ここ渋谷は、田圃が多く、民家が少ない。この時節に野良仕事をする者もいないので、怪しい輩《やから》がうろついても、誰も見てはいないだろう。

仕方なく、この場を立ち去ろうとすると、近くを流れる渋谷川の下流から、百姓らしき若者がこちらを見ながら歩いてきた。

若者は近づいてきたものの、左近が大小を手挟《たばさ》む浪人者と知り、怯えたように慌てて、背を返して帰ろうとした。

「おおい、待ってくれ」

左近が呼び止めると振り向きはしたが、なおも早足で去ってゆく。

「怪しい者ではない。ちと尋ねたいことがあるのだ。待ってくれ」

言いながら左近が追っていくと、若者はようやく立ち止まった。

「おれは何も知らねえですよ」

「まだ、何も訊いておらぬではないか」

「でも、知らねえです」

と、若者は頭を下げて帰ろうとする。

「待ってくれ。先刻、このあたりで若い男を見なかったか」

「若え男《わけ》？」

若者は立ち止まった。

「職人風の？」

「それだ。見たのか」

「見たわけではねえんですが……ええ、まあ」

「おれはその者を捜して、神田から来たのだ。なんでもいい、教えてくれぬか」

浪人とはいえ、侍が手を合わせて頼むものだから、百姓の若者は驚いた。

「おれはなんも知らねえが、名主《なぬし》様が知っておられるでしょう。ついてきなせえ」

そう言って案内されたのは、村を統括《とうかつ》する名主の屋敷だ。

江戸市中と違って土地に余裕があるだけに、土壁に囲われた屋敷面積の広さはかなりのものだ。こぢんまりした門を潜ると、手入れが行き届いた庭の奥に、藁《わら》葺《ぶ》き屋根が見える。別棟《べつむね》には馬屋もあり、下男が栗毛《くりげ》の馬の世話をしていた。

「名主様、名主様」

案内してきた若者が土間で訪うと、奥から女中が現れた。

「あら、ろくさん」

「おみっちゃん。名主様、おられるかい」

「ええ、いらっしゃるわよ」

「例の竹藪で起きた騒動のことでよ、こちらの旦那が名主様に訊きたいことがあるんだと」

ああ、と言って左近を見た女中が、うかがうような目で小さく頭を下げて奥に消えた。

程なく男が出てきて、板の間にひざまずいた。

「拙者、新見左近と申す」

「名主の黒澤《くろさわ》九右衛門《きゅうえもん》です」

年は四十の半ばほどか。村を代表する者だけあって、堂々とした風格の持ち主である。

「竹藪に来られた若い男を捜しておられるとか」

「半刻（約一時間）ほど前のことだが、名主殿が知っておられると、この、ろく

「ろくです、はい」

「ろく殿が申されたので、案内を頼んだ次第」

「さようですか」

「祠のあたりで無理やり連れ去られたようなのだが、どの方角へ去ったか、見た者はおらぬであろうか」

「あなた様は、もしや……」

浪人姿の左近であるが、身から漂う雰囲気にただならぬ気配を感じたらしく、九右衛門は探りを入れるような目を向けてきた。

「奉行所のお方で？」

「いや、連れ去られた若者の知り合いだ。何者かに呼び出され、攫われたようなのだ」

お琴たちのことも言おうと思ったが、この男が善人であるとは限らぬので、口にはしなかった。

「何か知らぬか」

目を見据《みす》えて尋ねると、九右衛門は顎《あご》を引いてうなずいた。

「……」

「知っております」

「なんと……」

あっさり言われ、左近は思わず言葉を失った。

「半刻前に、この屋敷の前を数名の男たちが通りました。駕籠を伴《ともな》っておりましたので、あなた様のお知り合いは、おそらくその中に」

「で、その駕籠はどこへ行った」

だめで元々、率直《そっちょく》な質問をした。

九右衛門は煙草盆を引き寄せ、煙管《きせる》に煙草を詰めて火をつけると、三度ほど煙を吹かして、かつんと火を落とした。

一連の仕草を黙って見ていた左近に、九右衛門は声を潜めて言った。

「実は、この村にさる大店の別邸があるのですが、近頃その屋敷に怪しい者たちが出入りしております。これは、野菜を届けに行った者から聞いたのですが、中はまるで、砦《とりで》のような造りだとか。失礼ですが、あなた様のお知り合いの方は、何をなされている人ですか」

「錺職人だ」

やはり、と九右衛門が手で膝を打った。

「こたびの一件と、何か関わりがあるのか」

「はい。実は、この村にも錺職人が二人ほど暮らしていたのですが、あの屋敷に雇われたきり、一度も家に戻ってこないのです」

「いつからだ」

「もう、半年になりましょうか」

「その屋敷は、飾り物を扱う商人の物なのか」

「いえ、日本橋で両替商をされていると聞いております」

「ふむ、して、その店の名は」

「確か……志摩屋だったかと。日本橋の志摩屋と申せば、名が知れた大店でございましょう」

「さよう、であるな」

ごまかした左近は、わざと表情を険しくした。甲府藩邸から市中にくだって間がないこの若殿、まだまだ知らないことが多い。

「かような大店が、このような村に屋敷を建て、無頼者を雇って何をしているのでしょうか」

九右衛門は考えるというより、答えを突きつけるような言い方をする。口には出さぬが、ろくなことはしていない、と伝えたいのだろう。

「職人が戻らぬと申したが、お上には届け出たのか」

「はい。ですが、自ら雇われて行ったのだから、戻らぬのは本人の意思であろう、と返されました」

――宮崎若狭守め、手抜きをしておるな。

左近は半分口にしかけた町奉行への文句を、慌てて呑み込んだ。

「今なんと」

「いや、なんでもない。九右衛門殿、その屋敷まで案内してもらえぬか。南町奉行所に知り合いがいるから、助けを求めるつもりだが、一度、屋敷を見たい」

「お安いご用にございます」

「ではさっそく」

左近は安綱をにぎり、九右衛門と共に屋敷を出た。

問題の屋敷は、九右衛門の屋敷から南へくだった木立の中に、潜むように建てられていた。

門構えも立派であり、中も広そうだ。

半纏を着た男が二人、門の前に座って碁《ご》を打っている。

九右衛門が言うには、ここにいる者はろくでもないごろつきばかりで、村の酒場に来ては大騒ぎし、悪さをして帰るのだという。

「金を払わずに帰るのか」

「いえ、金払いはいいのです。ただ……」

「どうした」

「昨夜も店に来て騒いだらしいのですが、奴らが置いていった小判一枚が、どうも変なのです」

酒場のおやじが届けたという小判を、九右衛門が懐から出した。

山吹色《やまぶきいろ》の小判は、見た目は普通に思える。だが、九右衛門に言わせると、軽いのだという。

左近は懐から財布を出し、自分の小判を一枚取り出した。持ちくらべてみると、確かに軽い気がする。

鞘から小柄《こづか》を抜き、鋭い先端で小判に傷をつけてみた。

「……なるほど、そういうことか」

偽小判だと言って見せると、九右衛門が目を丸くした。

これで、錺職人の清七が攫われた理由がわかった。お琴とお文は、清七を呼び出して、ここで働かせるための人質ということか。

だが、奴らがなぜ左京屋のお文に目をつけたのか、左近にはわからない。

お琴から聞いていた限り、清七とお文のあいだには、仕事の付き合い以外は何もないはずであるが……。

「九右衛門殿、ことは一刻を争う。奉行所に知らせて、人手を集めてきてくれ」

「心得ました」

急いで戻る九右衛門が見えなくなると、左近は門を守る二人の前に立った。

六

「大橋様、これで十日後には、一万両が揃いましょう。まずは、前祝いを」

志摩屋は含み笑いを浮かべ、銚子《ちょうし》の酒を杯に注いだ。

「これで筆頭家老の座はわしの物じゃ。志摩屋、もうすぐ国へ帰れるぞ」

満足げに酒を含んだが、大橋はふと思い出したように、杯を膳《ぜん》に戻した。

「そういえば先ほど、清七を誘い出すために攫ったのは、左京屋と三島屋の娘と申しておったな」

「はい。それが何か」

「いや、三島屋と申す名を、どこかで聞いたことがあると思うてな」

「どこにでもある、小さな小間物屋の娘です」

「そうか、うむ、そうであるな」

大橋はさして考えるでもなく、杯の酒を飲み干した。

「運が悪い娘で、手の者がことを起こした夜に、左京屋に遊びに来ていたようで」

「それで攫うたのか」

「殺すわけにはまいりませんので」

「元久朗が見ているそうだが、大丈夫であろうな。大切な人質を殺しはすまいな」

「番頭をつけておりますから、心配はございませぬ。ただ、命以外のことは、どうなっておりますやら」

それで倅の荒ぶるこころが満たされるのならと、志摩屋は内心思っていた。表沙汰《おもてざた》にならなければ、小店の娘の一人や二人、どうなろうと知ったことではない。

「血というものは正直であるのう、志摩屋」

大橋に言われ、志摩屋はぎろりと目を上げた。

「はて、なんのことでしょう」

「とぼけおって」

大橋がやっかみを込めた目を向けて続ける。

「吉原で派手にやっておるそうではないか、うん、どうじゃ。あまり派手にしておると、それこそ、公儀の目が向けられようぞ」

以後、気をつけます、と志摩屋は頭を下げて、笑顔の面《おもて》を上げた。

「ささ、もひとつどうぞ」

銚子の酒を注ごうとして、志摩屋はさらに目線を上げる。杯の手を伸ばす大橋の動きが止まったからだ。

「大橋様、いかがなされました」

大橋は答えぬまま、庭に通じる障子に鋭い目を向けている。

夕日が当たる障子に、人の影が映《うつ》っていた。腰に大小を差した侍であることが、影からでもわかる。

大橋は杯をそっと志摩屋に渡し、すぐさま背後の刀掛けから愛刀を取ると、音を立てずに白刃《はくじん》を抜き放った。

「この酒は旨《うま》いのう、志摩屋」

大橋がそう言いながら刀を上段に構え、志摩屋に障子を開けるよう顎で指図した。

そっと障子に近づく志摩屋。

手を伸ばすや、

「それっ」

と、障子を開け放つ。

「たあっ！」

大橋が気合を発して、刀を斬り下ろした。

「うわ！」

だが、悲鳴をあげたのは、大橋だった。したたかに背中を打たれ、頭から突っ伏すように倒れた。

廊下には、藤色の着流し姿で、ぎらりと光る安綱を提《さ》げた新見左近が立っている。

「おのれが志摩屋か」

左近が言うと、志摩屋は「うっ」と息を呑み、顔を引きつらせて後ずさりした。

「先生方！　先生方！」

志摩屋の大声に、廊下の奥が騒がしくなり、浪人どもが現れた。

「おっ！　何奴！」

浪人どもは、塗りが剝《は》げた鞘から刀を抜き払い、左近を取り囲んだ。

相手は五人。正眼《せいがん》に構える者、八双《はっそう》の構えに、下段の構えの者もいる。

殺気に包まれた左近は、正面の浪人に安綱の切っ先をぴたりと止め、ゆらりと正眼に構えた。

正面の浪人がぴくりと動く。

その気配を察知した左近が、

「おう！」

と大音声《だいおんじょう》を出すと、気迫に押された浪人が慌てて退《しりぞ》いた。

これを機に、残りの浪人どもが一斉に動いた。

左右後方から一斉に詰め寄り、左近に刀を打ち出してくる。

その中で、清流の水面《みなも》のような輝きを放つ安綱が舞い、ただの一度も鋼《はがね》がかち合う音を発することなく、勝負に決着がついた。

喉の底から絞り出すような呻《うめ》き声と共に、血泡を吹きながら、四人の浪人どもが倒れた。

残る一人は、左近の凄《すさ》まじき剣を目《ま》の当たりにし、完全に戦意を失っている。震える切っ先を向けていたが、左近が一歩踏み出すと、刀を捨てて逃げていった。

「志摩屋……」

左近が怒りに燃える目を向けると、志摩屋は腰を抜かしてへたり込んだ。

「い、命ばかりは、何とぞ、命ばかりは」

左近は、清七をおびき出すために使われた手紙を投げつけた。

手紙を見た志摩屋がぎょっとする。

「貴様が攫わせた三島屋のお琴と、左京屋のお文はどこじゃ」

「そ、それは」

左近は安綱を喉元に突きつけた。

「言わぬなら、貴様に用はないぞ」

「言います、言いますから」

「どこにおる」

「品川《しながわ》の、わたくしどもの別邸に……」

それだけ聞くと、左近は安綱を引き、部屋の外へ向かった。

「動くな！」

振り返ると、背後で志摩屋が短筒を構え、筒先を左近に向けている。

懐の武器を探らなかったのは、確かに左近の不覚であった。

「貴様のような浪人者に、わたしの邪魔はさせないよ」

そこで呻き声をあげて、大橋が意識を取り戻した。

すぐに状況を把握《はあく》したらしく、

「でかしたぞ、志摩屋」

苦しそうな声でねぎらうと、左近を睨んだ。

「この寮《りよう》はな、桑名藩の息がかかった場所だ。浪人風情《ふぜい》が押し入って、生きて出られると思うな」

「ずいぶん威勢のいいことを申すが、貴様らの所業、定重《さだしげ》殿は知っておるのか」

意外な左近の言葉に、大橋は警戒の眼差しとなった。

「殿をそのように呼ぶとは……おぬし、何者だ」

「今はわけあって浪々の身。だがこの綱豊、安寧《あんねい》の世を乱す者を許さぬ」

「綱豊だと」

振り向きざまに投げられた左近の小柄が、志摩屋の手を貫《つらぬ》いた。

その拍子《ひようし》に短筒が火を噴いたが、弾は大きくはずれ、鴨居《かもい》にめり込んだ。

「馬鹿者！」

志摩屋を怒鳴ったのは、大橋であった。

左近の前に平伏し、

「こ、甲州様じゃ。何をしておる、志摩屋……甲州様じゃぞ。早う頭を下げい」

髷《まげ》が乱れるのも構わず、必死に額《ひたい》を畳に擦《こす》りつける。

志摩屋は口をあんぐりと開けていたが、弾《はじ》かれたようにのけ反《ぞ》ると、慌てて膝をつき、半ば悲鳴をあげながら平伏した。

天下の徳川将軍家綱の甥《おい》、次期将軍との噂が高い人物を前に、大橋は絶望しながらも、主君松平越中守定重のために平伏している。

「甲州様、この一件、藩にはなんの関わりもなきこと。それがし、ただ一人の欲のためにしたこと。何とぞ、ご配慮のほどを……ごめん！」

「待て！」

左近が止める間もなく、大橋は脇差を抜くと、素手で白刃をにぎって腹に突き刺した。左近の介錯《かいしやく》を断り、桑名藩に咎《とが》めなきよう念じながら腹を割《さ》き、死んでいったのだ。

武士の切腹を目の当たりにした志摩屋は、その凄まじさに泡を吹き、卒倒《そつとう》してしまった。

奉行所の連中と名主の九右衛門が駆けつけたので、左近はあとを託し、馬を借りてその日のうちに品川へ向かった。

すっかり観念した志摩屋に見取り図を書かせた左近は、夜遅く、別邸に忍び込んだ。

手入れの行き届いた庭木の中に潜み、しばらく屋敷の様子をうかがう。

蠟燭の明かりが灯《とも》る部屋はいくつかあるが、お琴たちが囚《とら》われている奥座敷は真っ暗だ。

志摩屋のあるじをはじめ、偽小判を作っていた者は番屋に引っ立てられることになっているので、ここに知らせが届くことはない。

――だが、急がねば。

庭を横切って茶室の裏に回り、奥座敷に近づいた。部屋は暗いが、確かに障子の向こうに人の気配がある。

明かりが灯る隣室からは、人影が二つ、障子に映っていた。

左近は濡《ぬ》れ縁《えん》に足をかけ、暗いほうの部屋の障子を開けて中に忍び込んだ。微かな衣擦《きぬず》れと共に、畳を擦る音がする。

屏風《びょうぶ》だろうか、月明かりの中で黒い影が壁となり、その向こう側に、人の気配がある。

ほのかな花の匂いを嗅《か》いだ時、左近は、熱くなる己の本心に、はっきりと気づかされた。

屏風の向こうに横たわる人物に手を差し伸べ、ゆっくりと抱き起こす。

「お琴、迎えに来たぞ」

耳元でささやくと、口を封じられているお琴が震わせた息を吐き、左近に頰をすり寄せてきた。冷たく濡れた頰は、殴られたのか、一部が固く腫《は》れ上がり、微かな血の臭いがする。

腕の縄と猿ぐつわを解くと、押し殺した声を漏らし、きつくしがみついてきた。

「もう大丈夫だ。一緒に帰ろう」

「お、お文ちゃんが……」

「誰だ！」

男の怒鳴り声がして襖が開け放たれるのと、入口が騒がしくなるのが同時だった。

「南町奉行所である。神妙にいたせ！」

どやどやと表に出ていく志摩屋の一味の中で、ひょろりとした男だけが、じっと二人の前に立っていた。腕の中に全裸の女を抱きかかえ、頭に短筒を突きつけている。

左近が鋭い目を向ける。

「女を放せ」

「うるせえ！　ここから出ていけ！」

蠟燭の明かりを背にしているため、左近からは顔は見えない。

「志摩屋の倅か」

「出ていけと言ってんだ！」

「お前の父親はすでに捕まっている。悪あがきはやめろ」

「そんなことはどうでもいいんだ。おれが欲しいのはこの女だ。この女さえ手に入れば、死んだって構やしない。出ていかねえと、撃つぞ」

興奮で全身を震わせながら、元久朗が短筒を向けてきた。

――親子揃って短筒とはおそれいる。

だが、筒先を向けられても、お琴をかばう左近は微動だにしない。

後ずさりした元久朗の顔が、蠟燭に炙《あぶ》り出された。もはや正気を失い、危険な目をしている。

「おれはな、狙った女は必ず手に入れるんだ。従わなくとも、この手で殺せば自分の物になる。そうだろう」

嬉々《きき》とした目をして笑う元久朗の頰は、小刻《こきざ》みに震えていた。

「死んだら魂《たましい》はあの世へゆく。決してお前の物にはならぬ」

「うるさい！」

短筒をお文に向けて撃とうとした刹那《せつな》、部屋に鈍い音が響いた。

白目をむいて崩れ落ちる元久朗の背後で、十手をにぎった宗形が哀《あわ》れむような目で見下ろしている。

「馬鹿な野郎だ。てめえの不甲斐《ふがい》なさを全部女のせいにして殺すなんざ、人のすることじゃねえ」

お琴は左近から離れ、宗形が黒羽織《くろばおり》をかけてやった女に抱きついた。

「お文ちゃん！」

お文は涙を流し、己のことよりお琴を心配した。

「わたしは大丈夫。それよりお琴ちゃん、怪我をしているでしょう」

お琴は首を横に振り、お文をきつく抱いた。

左近は宗形に歩み寄る。

「宗形殿、危ないところを助けてもろうたな」

「これで貸しがひとつ減ったぜ」

「何も貸してはおらぬが」

「ふん、まあいいや。あとは奉行所の仕事だ。邪魔だからとっとと帰りな」

宗形はそう言うと、忙しそうに屋敷の奥へ向かった。

月の蒼《あお》い明かりの下、左近は背中にお琴のぬくもりを感じながら、浅草へ帰った。

※

新見左近が浅草花川戸《はなかわど》の三島屋に泊まり込んで、今日で七日になる。

お琴の怪我は、ほぼ癒《い》えた。上野の医者、西川東洋の診立《みた》てでは、顔に負っていた傷も、痕は残らないという。

ただ、腹を強く殴打《おうだ》されているので、まだ普通の食事は控えたほうがよいとか。そのため、左近は今朝も軟《やわ》らかめの飯を炊《た》き、豆腐汁を作った。

納豆をすり鉢《ばち》で細かくして、浅草の農家で譲ってもらった新鮮な卵を落とし、少しだけ醬油《しょうゆ》を垂らして味を調《ととの》えた。

「おいしい」

まだ頰の青あざが痛々しいが、お琴は元気にそう言ってくれた。

お琴を痛めつけた元久朗は、番屋の厳しい調べに耐えかねて、牢内で舌を嚙《か》み切って自害したという。

志摩屋左衛門と番頭の為吉は、偽小判作りと人攫いの罪で、獄門《ごくもん》が言い渡された。

買い物に出かけた際、治平親分が教えてくれたのだが、このことはお琴には言っていない。

　思い出させたくなかったのだ。

　お文は、身体を相当痛めつけられていたが、命だけは助かり、今は店を休んで辰之助が用意した広尾《ひろお》の別邸で養生《ようじょう》しているらしい。

「お琴、気分がよければ、今日は外に出てみようか」

「ええ……」

　お琴は返事をしたものの、青あざを気にする素振りを見せ、顔をうつむけた。

　左近は、お琴の顔の痣《あざ》より、こころの傷のことが心配でならない。辱《はずかし》めは受けてはいないとのことだが、手足を縛られ、殴打された恐怖が、お琴を家に引き籠もらせている。

　――奴は自害してこの世におらぬ。

　そう伝えれば、幾ばくかはこころが安まるかとも思ったが、心根の優しいお琴のことだ。それはそれで、気に病《や》むかもしれない。

「まだ顔の痣が気になるようだな。まあ、無理せずともよい」

　と言って、左近は話題を変えた。

　偽小判の作業場にいた清七は、奉行所で調べを受けたあとで無罪放免となり、今は長屋に戻っているらしい。

治平親分によると、こちらは仕事を再開し、溜《た》まっていた分量をこなすためか、いやな思いを忘れるためか、朝から夜遅くまで、たがねを打つ音をさせているという。

清七は、自分のせいでお琴とお文が攫われたと思っているし、お文もお文で、自分が元久朗に目をつけられたから、清七とお琴が事件に巻き込まれたと塞《ふさ》ぎ込んでいる。

悪いのは志摩屋親子なのだが、二人は気を使いすぎるあまり、お琴に対して気まずくなっているのだ。

「わたし、なんとも思ってないのに」

二人からの謝罪の手紙を読んだ時、お琴はそう言った。

「時が解決してくれるさ」

左近は励《はげ》ますようにうなずき、今はゆっくり養生するように言った。

「それとな、およねのことなら心配せずともよいぞ。東洋先生のところに人手がいるそうだから、働いてもらっている」

お琴はそのことも気になっていたらしく、安堵《あんど》してうなずくと、目を閉じて眠った。

安らかな寝息が聞こえてくるまで、左近はお琴の手をにぎりしめていた。

第三話　雷神斬《らいじんぎ》り

※

霧《きり》が深い夜のことだ。

麻布《あざぶ》を流れる古川《ふるかわ》が北から東へと大きく向きを変えるところに架けられたこの橋の付近は、月がない夜ともなると、漆《うるし》を塗ったように、真っ暗である。人の鼻がぶつかるまでわからぬほどの闇の中で、獣《けもの》のような悲鳴があがり、すぐに静かになった。

このあたりは大名の上屋敷が建ち並んでいて、広大な敷地を囲む塀と長屋門が外の空気を遮断《しやだん》しているのだが、悲鳴は、その長屋門にいる者たちの耳にも届いたらしい。

闇に聳《そび》える総門の潜《くぐ》り戸《ど》が開き、ちょうちんを持った中間《ちゆうげん》と、数名の藩士が道に出てきた。

明かりに照らされたのは、道の真ん中で仰向《あおむ》けに倒れている侍だった。身なりからして、このあたりに屋敷を持つ藩の者に違いない。頭から血を流しているが、息はあった。何者かに襲われたらしく、抜き身の刀をにぎりしめたまま、気絶していたのである。

「またた」

「うむ、この前と同じだな」

「ということは、飯島藩《いいじまはん》の者か」

「これで五人目だ」

「相当な恨《うら》みを、抱いているのだろう」

「それにしても鮮《あざ》やかな……。これは、かなりの遣《つか》い手《て》だぞ」

「狙われたのが、我が藩でなくてよかった」

男たちはそう語り合いながら、倒れた男を手当てするために藩邸に運び込み、門を固く閉ざした。

一

晴れた日の昼下がり、新見左近は、親友、岩城泰徳に招かれて、久々に本所石原町の道場に顔を出した。

「左近、久しぶりにどうだ」

顔を見るなり、泰徳が刀をにぎって立ち上がった。

「お相手つかまつろう」

いつものように安綱を門人《もんじん》に預け、泰徳から借りた刀を帯に落とすと、共に道場の中央に歩み出る。

左近は軽く頭を下げ、鍔《つば》に指をかけて腰を落とした。

刀を抜き、正眼《せいがん》に構える。

「やあ！」

「とう！」

泰徳が轟然《ごうぜん》たる気合を吐き、白刃《はくじん》を左近の額《ひたい》ぎりぎりでぴたりと止めた。その隙間《すきま》たるや、額に止まる蚊《か》を断《た》ち斬るほどだ。

打ち手の腕が神業《かみわざ》なら、微動だにしない受け手の側も、神業である。

そばで見学している門人たちは、手に汗をにぎり、背中に冷や汗をかきながら二人の姿に見入っている。

左近が真に会得《えとく》した剣——徳川の正統継承者のみに許される葵一刀流は、名も知らぬ老師から学んだ秘剣。

この時、左近は当然、葵一刀流を遣わない。泰徳直伝《じきでん》の、甲斐無限流を遣う。

一刻（約二時間）かけて、二十通りほどの形《かた》をすませると、二人は井戸のそばで身体を拭《ふ》き、奥の居間に入った。

「お琴の具合はどうだ」

「うむ……」

左近が返答に窮《きゆう》していると、茶菓《さか》を前に置きながら、泰徳の妻のお滝《たき》も不安げな顔を上げた。

「悪いのですか」

「いや、元気だ。明日から、店を開けると言っている」

「ははん、さてはおぬし、お琴が店を開けてしまうと相手にされなくなるから、寂しいのであろう」

「まっ」

お滝がぱっと笑顔になり、口を手で塞《ふさ》いだ。

「馬鹿を申すな。そのようなことは……」

言いながらも、左近は首筋に血がのぼるのを感じて、動揺した。

「あはは、顔が赤くなった」

「人をからかうのもいい加減にしろ。他に用がないなら帰るぞ」

「悪い悪い。妹のことが気になってな、見舞いに行ってやれないから、様子が聞きたくて呼んだのだ。ゆっくりしていってくれ」

と、左近の正体を知らない泰徳は遠慮がない。いくら親友とはいえ、左近が徳川家、しかも次期将軍候補であると知ったら、このような付き合いはできないだろう。

「では、支度をしてまいります」

「すまんな、お滝」

相変わらず女房に気を使っている泰徳だが、お滝の足音が遠ざかると、表情を一変させた。

「実はな。来てもらったのは、他にもわけがある」

「どうした、深刻な顔をして。また夜廻りで厄介《やっかい》なことに巻き込まれたのか」

以前、泰徳は夜廻りの途中に老剣客と知り合い、そのことがもとで、さる旗本家をめぐる騒動に巻き込まれたことがあった。

「いや、そうではない」

泰徳は考える顔となった。

「………」

茶を一口飲むと、顔を上げた。

「父上がな、お琴を家に戻したいとお考えなのだ」

「ここにか」

「うむ」

「お滝殿はなんと」

「言えるわけがないだろう」

お滝とお琴は、いわゆる嫁と小姑《こじゅうと》にあたるが、今ひとつ仲がしっくりいっていない。傍《はた》から見るぶんには、特別な理由があるようには思えない。もしかしたら本人たちにも、理由などよくわかっていないのかもしれない。

江戸に名が知れた剣豪が目尻を下げ、今にも泣きそうな顔をしている。

「あはは」

「わ、笑いごとじゃないぞ」

「いや、すまん。おぬしの顔がな。うふふ」

「顔が、なんだ」

「間抜けすぎるのだ」

「他人《ひと》ごとだと思いよって」

「すまん」

「もうよい」

泰徳は怒って、顔を横に向けた。左近はなだめるように、

「心配せずとも、お琴は帰らぬだろうよ」

「ほんとか。いや、しかし、あのような目に遭《あ》ったからな。父上は無理やりにでも連れ帰るつもりだ」

「そうか、それなら仕方あるまいな。確かにそのほうが安全だ」

「待て、それでは困るのだ」

「……前から気になっていたのだがな」

「な、なんだ」

「お滝殿は、なぜお琴を毛嫌いされるのだ」

「おれにもわからん」

泰徳はふて腐れた。

「わからんから、困っているのだ」

「あのような災難に巻き込まれたあとだ。お滝殿も、いやとは言われまい」

「そりゃそうだ、言うわけがない。だがな、あとのことを考えると……どうも恐ろしい」

「はあ？」

「嫁と小姑の争いだ。それに巻き込まれるのは、ちょっとな……」

泰徳はいかにも苦手そうに、首をかしげている。

「で、おれにどうしろと」

左近は湯呑《ゆの》みに手を伸ばし、一口含んだ。梅の香りがして旨《うま》い。

「左近」

「うむ？」

「お琴を、嫁にもらってくれないか」

左近は思わず茶を噴き出した。

「な、何を急に」

また、首筋に血がのぼった。今度は、顔が熱いほどに。

「お峰のことを思うているのはわかる。だが、お琴はおぬしのことをな——」

気配を感じて、泰徳が障子に目を向けた。

お滝が障子を開けて、真っ赤な顔をしている左近を見て目を丸くした。

「あなた」

「左近様、どうされたのです」

「い、いや、なんでもない」

お滝が畳が濡れているのを見て、ぎょっとした。

「お茶が熱うございましたか」

「あ、これは」

「梅が酸っぱかったでしょうか」

「いえ、これは」

「すぐに取り替えてまいります」

畳を拭いて湯呑みを引き取りながら、お滝が、来客ですよ、と泰徳に告げた。

「何、阿南也八郎《あなんやはちろう》殿だと」

泰徳はぱっと顔を明るくして、玄関へ急いだ。

大きな声で来訪を喜び、またそれに負けないほどの大声で、阿南も久々の再会を喜んでいる。

「いやあ、それにしてもお懐かしゅうございます。阿南先生」

「前回、江戸に来たのは五年、いや、六年前であったか。立派になったのう」

「はい。おかげさまで」

部屋に戻ると、二人はそう言って、また手をにぎり合った。

「大先生《おおせんせい》は、ご息災《そくさい》かな」

「はい。今、妻が呼びに行っております」

「うんうん。で、こちらの方は」

「新見左近と申す」

左近は改まり、名を名乗った。

「わたしの親友ですが、近々、弟になります」

「ほう」

「馬鹿を申すな」

左近がむきになると、阿南は話が見えぬはずなのに豪快に笑った。

旅をしてきたらしく、黒の羽織《はおり》は埃《ほこり》っぽく、茶の袴《はかま》は折り目が消えていた。

この中年の男、とぼけた顔で笑っているが、見る者が見れば、相当な遣い手だとわかる。

それもそのはず――。

「おお、也八郎、よう来た、よう来たのう」

再会を喜んだ岩城雪斎が涙を流すほどの、可愛い弟子なのである。

そもそも阿南は、お琴の実父、五千石大身《たいしん》旗本、三島兼次の家来であった。

話によると、三島家に仕《つか》えていた阿南は、若い頃に雪斎のもとで修行を重ね、奥許《おくゆる》しを受けている。政敵に敗れた三島がお家断絶となったそのあとは、故郷の名古屋《なごや》へ戻り、甲斐無限流の道場を開いた。

今では、五十名の門人を抱え、そこそこにやっているらしい。

当然、あるじ兼次の娘であるお峰とお琴のことはよく知っており、また、気にもかけていた。雪斎との手紙のやりとりで近況は知っていて、それゆえ、左近とお琴の様子も、なんとなくではあるが、感じるものがあるのだろう。

二

「久々に、江戸でも見物にまいったのか」

岩城雪斎がにこやかに語り、自ら銚子《ちょうし》を傾《かたむ》けて、阿南に酒を注いだ。

それを押しいただいた阿南が、でっぷりと太った身体を揺すり、自分の膳《ぜん》に戻ると、朱色《しゅいろ》の太刀袋《たちぶくろ》をにぎった。

「これを、お預かり願いたく、まかりこしました」

「何かな」

雪斎が受け取り、袋から太刀を出した。

「おや、これは確か」

「はい。先生からいただいた、国広《くにひろ》の太刀にございます」

太刀を出した時から、これまでの和《なご》やかな空気が一変していた。阿南が、ただならぬ気を発しているのを、左近だけでなく、雪斎も泰徳も感じたからだ。

「也八郎」

「はは」

「何があったのだ」

「………………」

阿南は視線を畳に落として、迷うような素振りを見せながら口を開く。

「実は、わたくし江戸には、二月《ふたつき》ほど前に来ておりました」

「ほう」

「弟子を、捜しに来たのでございます」

言った時には、まっすぐな目で雪斎を見ていた。

「大勢の門人を抱える者が、たった一人の弟子を捜して旅をするとは、また珍しいことを」

「放っておけば、必ず命を落としますので」

「深い事情がありそうだな」

　阿南はうなずき、ちらりと左近を見た。

「この男なら心配はいらぬ。これは、わしの親友の息子でな」

「存じております。もうすぐお身内になられるとか」

「はあ？」

「父上、わたしが弟みたいなものだと、そう申し上げたのでございますよ」

　泰徳が慌《あわ》てたので、それ見たことかと、左近は睨《にら》んでやった。

「おお、倅《せがれ》の申すとおり、わしの息子のようなものだ。遠慮なく話してみなさい」

「はい。実は、長年育ててきた弟子が、父親の仇《かたき》を取るために名古屋を出て、この江戸に来ているのです」

「ほう、では、その弟子は武家の者か」

「以前は」

「以前は？」

「父親はある藩の下士でしたが、幼《おさな》い頃藩の上士に無礼討ちにされ、家督《かとく》を継ぐことが許されずに断絶しております。貧しい家だったらしく、姉は借金のかたに女郎屋に売られ、母親は病死。一人になった藤次郎《とうじろう》は、ああ、弟子の名は辻《つじ》藤次郎と申します。その藤次郎は十歳で一人になってしまい、出会った時には、物乞《ものご》いも同然の暮らしをしておりました」

「それで、おぬしが引き取ったのだな」

「出会いは偶然でございました。わたしが修行の旅を終えて名古屋に帰る途中で、握り飯を盗んで袋だたきにされているところを助けたのが縁です」

「それだけで、よく弟子にする気になったな」

「目でございますよ」

阿南が嬉しげに言った。

「暮らしも身なりも下《げ》の下《げ》でしたが、生き生きと、力強い目をしておりました」

「剣の道に向いていると、見抜いたか」

「はい」

「で、おぬしの目に狂いはなかったのだな」

「今では、剣の腕はわたしの上を行っております」

「ほう、では、泰徳よりも強いな」

「…………」

泰徳が、表情を引き締めた。

「いや、まさかそのようなことは……」

「これには道場をまかせているが、まだまだおぬしには敵《かな》わぬよ」

「わたしなど」

阿南は手拭《てぬぐ》いで額の汗を拭き、皮膚が垂れた頰《ほお》を揺らして首を振った。

「で、その藤次郎とか申す弟子は、どこの誰を狙っているのかね」

「それが、信州《しんしゅう》飯島藩江戸家老、奥山主禅《おくやましゅぜん》様ではないかと」

「なんと」

雪斎は瞠目《どうもく》し、泰徳と顔を見合わせた。

「雪斎先生、いかがされた」

左近が訊《き》くと、親子は深刻な顔を向けてきた。雪斎が腕組みをして、ため息をつき、かわりに泰徳が答える。

「近頃、飯島藩の者を狙った闇討ちが頻発《ひんぱつ》しているのを知っているか」

「麻布のことだな」

「うむ。実は、この道場にも飯島藩の者が何人か通っているのだが、その中の一人が、先日、稽古《けいこ》の帰りに何者かに襲われて怪我《けが》をした」

「げっ！」

大声をあげたのは、阿南だ。

「申しわけございませぬ」

大きな身体を小さく折り曲げて、阿南は額を畳に擦《こす》りつけた。

雪斎が顔を向ける。

「なぜお前が謝る」

「師匠筋の門人を我が弟子が襲うとは、言語道断」

「馬鹿者、頭を上げぬか」

「しかし大先生……」

「まだ藤次郎の仕業《しわざ》と決まったわけではあるまいが」

雪斎が怒鳴り、泰徳が言葉を付け足した。

「さよう、我が弟子が申しますには、見たことがない剣術であったと。同じ甲斐無限流の遣い手ならば、すぐにわかります」

「襲われた方は、どのような傷を負っておられましたか」

阿南が、平伏《へいふく》したまま訊いた。

「その者は未熟者ですが、よく見ておりました。相手は鳥のごとく宙を舞い、天から頭に一撃してきたそうです。あまりの速さについてゆけず、まともに受けておりました。得物《えもの》が木太刀で、しかも手加減をしたらしく、命だけは助かりましたが」

阿南が絶句して、顔を上げた。

泰徳が心配そうな顔をする。

「どうしたのです」

「お怪我のほどは」

「たいしたことはありませぬ」

「ああ、よかった」

阿南が、両手で顔を覆《おお》った。

左近たち三人が顔を見合わせていると、阿南が言う。

「それこそ、わたしが藤次郎めに伝授した雷神斬《らいじんぎ》りにございます」

雪斎が顔を向ける。

「也八郎おぬし、己の技を見つけおったか」

「……はい」

「そうか、うむ、それはよい」

雪斎は嬉しそうだ。

阿南は名古屋で道場を開いたが、道場主の単調な生活に一年で飽きてしまい、修行の旅に出たのだ。日ノ本中《ひのもと》を渡り歩き、さまざまな流派と剣を交《まじ》えるうちに、独自の剣術を編《あ》み出していた。

ほとんどの侍は、流派を看板にした道場主に弟子入りして剣術を身につけるが、剣の道を究《きわ》めようとする者は、いずれも、己が編み出した独特の技を持っている。

師から強い剣術を学び、それを基礎にして修行を重ね、独自の技を編み出す……人より強い必殺の技を持っている者が戦いに勝ち残り、剣豪とうたわれるようになるのだ。

雪斎とて、誰にも負けぬ必殺技を持っている。

これはすでに、息子であり跡継ぎでもある泰徳にのみ伝えてあるが、親子二人以外に見た者はいない。

「おぬし、藤次郎を跡継ぎに定めていたのだな」

雪斎が言うと、阿南が肩を震わせて泣いた。

三

「阿南也八郎様？」

お琴は、さあ、知りませんよと言って、首をかしげた。

「そのお方が、どうかされたのですか？」

「うむ。今岩城道場に来られているのだ。懐かしんでおられたから、顔が見たいのではないかと思ってな」

「そうですか、でも、父上の家来だったお方のことは、覚えていないのですよ」

あっさりと言い、仕事の手を動かしはじめた。

三島家のことになると、お琴は決まって、何も覚えていないと言う。

奥の間で自害して果てた父を最初に見つけたのが、お琴であった。その時ころに受けた衝撃が、記憶を消し去ってしまったのだと、お峰から聞いたことがある。

お琴は父の顔すら、忘れてしまっているのだ。

「お琴」

「なあに、左近様」

明日からの開店に向けて忙しそうに棚《たな》を整理するお琴が、笑顔で振り向いた。

「雪斎様がな……」

「……はい」

お琴を石原町の道場に戻すおつもりだと言いかけて、やめた。と同時に、泰徳が嫁にもらってくれと言ったのを思い出し、鼓動《こどう》が激しくなる。

お琴は座敷に上がり、左近の前にひざまずいた。

黒々と艶《つや》のあるお琴の瞳を見ると、こころが吸い込まれそうになり、左近は思わず目をそらした。

「なあに」

「いや、その……雪斎様は、阿南殿と嬉しそうに酒を飲まれていたぞ」

「そうですか」

「うむ。優しそうな御仁《ごじん》であった」

お琴がくすりと笑った。

「うん？」

「お顔が真っ赤」

「ええっ」

「わたしのことで、伯父上《おじうえ》に何か言われたのですね」

「………………」

「左近様？」

泰徳が申したことを言えるわけもなく、

「雪斎様が、お琴を道場に戻そうとされているようだ」

左近がそう言うと、お琴は明らかに、がっかりしたようなため息をついた。

「……そうですか」

「雪斎様がそうお考えだと、泰徳殿から聞いたのだが」

「義兄上《あにうえ》はなんと」

「泰徳殿は何も。だから、お琴は戻らぬと言っておいた」

お琴の顔がぱっと明るくなった。

「明日から店を開けるというのに、帰るわけないと言っておいたから、雪斎様にも、そう、伝わるだろう、な」

お琴の顔や目を見ているうちに、左近は自分でも口がどうなっているのかわからぬほど、しどろもどろになっている。

その時。

「おかみさんの気持ちがよくおわかりですこと」

そう言って、棚の陰から丸くて白い顔がぬうっと出てきた。

「およねさん、いつからそこに」

「いやですよう、おかみさん。まるで立ち聞きしてたみたいに」

狭い店だ。棚を整理していれば座敷の声は聞こえる。

およねはうふふと笑って、

「おかみさんが石原町に帰られたら、寂しいですものね、左近様」

と言うと、水桶《みずおけ》を持って庭に出ていった。

お琴は顔を赤く染めてうつむいてしまうし、左近は何を言ったらいいかわからなくなった。二人のあいだに、なんとなく気恥ずかしい空気が漂った。

「ごめんください」

訪《おとな》う声に、お琴が我に返って顔を上げた。

「はぁい」

表にゆくと、小五郎を伴《ともな》ってすぐに戻ってきた。

「左近様、お隣の小五郎さんがこれを」

お琴は鉢《はち》いっぱいに盛られた煮物を持っていた。まだ白い湯気が上がっている。

「女房の奴が分量を間違えましてね。このぶんだと余りそうなので、食べてもらおうと思いまして」

「お、旨そうだな」

「いつもいつも、すみません。ちょっとお待ちになって」

言いながら、お琴が台所から菓子箱を取ってきた。

「これ、いただき物で悪いんだけど、お二人でどうぞ」

浅草風雷神門《ふうらいじんもん》前の金沢屋《かなざわや》のまんじゅうが詰められているという。

「こりゃどうも、結構な物をいただきまして」

ぺこぺこと頭を下げて、小五郎は帰っていった。左近は、その背中を見送りながら、お琴に言う。

「ちょっと出かけてくる」

「あら、どちらへ」

「うん、そのへんを、ぶらぶらとな」

「では、夕餉《ゆうげ》の支度をしておきますからね」

「今夜は、鰤大根《ぶりだいこん》ですよ」

およねが横から割って入り、にんまりと笑った。

浅草風雷神門を潜った左近は、浅草寺境内《せんそうじけいだい》をぶらついたのち、五重塔《ごじゅうのとう》へ向かった。

左近の祖父、三代将軍徳川家光《いえみつ》の援助によって再建されたこの塔は、このあと、大正《たいしょう》の時代に起きた関東大震災でも倒壊《とうかい》しなかったほど頑丈な物である。

昼間は大勢の参詣客《さんけいきゃく》でにぎわう塔の周囲も、暮れ時ともなれば人気《ひとけ》がなくなる。

静かな塔へ近づくと、角の柱の陰から、ひょいと人影が現れた。

小五郎である。

「仰《おお》せのとおり、飯島藩に手下の者を忍ばせました」

「うむ。で、どのような感じだ」

「藩邸内は、殺伐《さつばつ》としています。藩士を集めて、剣術の試合をしているとか」

「遣い手を選出しているのだろうな」

「おそらく」

「引き続き、見張ってくれ」

「はは」

片膝《かたひざ》をついて頭を下げた小五郎は、背を返して走り去った。

着物の裾《すそ》を端折《はしょ》って走る姿は、忍びのそれではなく、どこから見ても町人そのもの。甲州忍者を束《たば》ねる頭目《とうもく》とは、誰も思うまい。

左近は三島屋に戻ると、お琴と夕餉の膳に向かった。

およねが支度した鰤大根と小五郎の煮しめで飯を二杯食べ、他愛もない会話をしているうちに雨が降り出したため、その日は泊まることにした。

権八が修理した部屋は、お琴が攫《さら》われた一件以来、看病を続けた左近が寝泊まりする部屋になっている。

お琴は廊下をさらに奥に進み、二間を隔《へだ》てた寝間に寝ている。

左近は、床についたのだが、嫁にもらってくれという泰徳の言葉を聞いたからか、同じ屋根の下にお琴と二人きりだと思うと、気が高ぶってしまい、寝つけなかった。

何度も寝返りを打ち、夜着《よぎ》を足に挟んだり、抱きしめたりして障子や天井を見ているのである。

二間を隔てた向こうにいるお琴とて、眠ってはいない。

お琴は今日にはじまったわけではなく、左近が泊まった夜は気持ちが高ぶり、興奮して眠れないのだ。

左近を思う気持ちが高ぶれば高ぶるほど、亡き姉に対する申しわけなさも大きくなるのだが、この頃は、その申しわけなさがこころの端に追いやられているような気がしている。

お琴はもう、左近を思う気持ちを抑《おさ》えられなくなっているのだ。

——今この時、布団から出て二間先に走りゆき、あの方の胸に飛び込みたい。

布団の中で天井を見つめながら、これまで何度そう思ったことか。

だが、妹と思っていると告げた左近の言葉が、大胆な行動をしようとするお琴のこころを抑えていたのである。

四

暮れ時。

辻藤次郎は、背後に痩身《そうしん》の影を伸ばしながら古川のほとりを歩いている。

麻布田島町《あざぶたじまちょう》で求めた酒徳利《さかどくり》をぶら下げて、広尾の隠れ家へ帰っているところだ。

藤次郎の飯島藩に対する恨みの念は深い。先に阿南が述べたように、藤次郎一家は離散してしまったのだが、父親が手討ちにされたほんとうの理由を、藤次郎は誰にも話していない。

それは、桜の花が咲きはじめた春に起きた。

身体が弱い母のために使いに出ていた藤次郎の姉は、帰り道に、誰かに跡をつけられているような気配を感じつつ、家路を急いだ。

だが、人気がない田舎道《いなかみち》に差しかかった時、後ろから来た曲者《くせもの》に当て身を入れられ、連れ去られてしまった。

気づいた時には、荒れ寺の本堂で何人もの男に囲まれていた。抗《あらが》ったがどうすることもできず、酒臭《さけくさ》い男どもに弄《もてあそ》ばれたのである。

家の者たちが帰りが遅いことを心配していたところへ、着物をぼろぼろにした姉が帰ってきた。

驚いた父親が、何があったのか問いただしても、姉は泣きもせずに、呆然《ぼうぜん》と一点を見つめているばかりであったが、突然、父親の脇差を引き抜き、喉《のど》を突こうとした。

隣の部屋でその一部始終を見ていた藤次郎は、姉の口から、奥山主禅という名を聞いたのである。

その名を耳にした時の、あの父の驚愕《きょうがく》と落胆の顔を、今でもはっきりと覚えている。そして、夜中に襷鉢巻《たすきはちま》きで身支度を整え、密《ひそ》かに家を出た背中が、最後に見た父の姿だった。

藩の上士である奥山家に忍び込んだ藤次郎の父は、屋敷に詰めていた家来に見つかってしまい、その場で取り押さえられた。

当時、藩の重職に就《つ》いていた主禅の父は、息子に非があることを知りながらも、藤次郎の父親の首をその場で刎《は》ね飛ばした。

この事実は藩内に知れることとなったが、下士が上士の家を襲うなどというのは、前代未聞の不祥事《ふしょうじ》。

重罪人とされた父親の遺体は家に戻されることもなく、無縁墓に打ち棄《す》てられるようにして葬《ほうむ》られた。

そして、臭い物に蓋《ふた》をするように、辻家は家財産没収のうえ断絶。家の明け渡しが、三日の猶予《ゆうよ》しかなかったほどである。

明日、家を出るという時、追い打ちをかけるように、人相の悪い男どもがやってきて、父が博打《ばくち》で作った借金十両を払えと言ってきた。

下士の辻家にそんな大金があるはずもなく、母は待ってくれるよう頼んだ。だが、男どもは必死に懇願《こんがん》する母と藤次郎を蹴り倒し、借金のかたに姉を連れていった。

失意のうちに母の病《やまい》は悪化し、藤次郎の看病の甲斐《かい》なく、ひと月後に死んでしまった。

死ぬ間際の、あの母の悔しそうな顔を、藤次郎は忘れることができない。今でも夢の中に母が現れ、あの無念の顔で泣くのだ。

「母上、もうすぐ、もうすぐ仇を討ちますぞ」

夕暮れ時の道を歩む藤次郎は、何かに取り憑《つ》かれたように、そうつぶやいている。

広尾の原を抜けて、田圃道《たんぼみち》を南にくだったところに、百姓の老夫婦が住まう古い家があった。その離れの小屋を借りている藤次郎は、仇討《あだう》ちの旅をしている、と正直に打ち明け、金二十両を払っていた。

贅沢《ぜいたく》をしなければ、一年は遊んで暮らせる金額だ。老夫婦は快《こころよ》く離れを貸し、三度の飯も用意してくれている。

ここに住み着いて、今日で二月《ふたつき》になる。

師匠に黙って名古屋を出ると、藤次郎はまっすぐ信州に向かった。仇を討ちに飯島の城下に戻ったのだが、十五年という年月は、少々時が経《た》ちすぎていたようだ。

辻藤次郎を覚えている者はおらず、それは都合がよかったのだが、肝心《かんじん》の奥山家は代が替わり、家督を継いだ主禅は藩主、小倉美作守元親《おぐらみまさかのかみもとちか》に気に入られ、異例の早さで出世していた。

奥山主禅が江戸家老として美作守のおそばにいることを突き止めた藤次郎は、怒りと恨みをますます募《つの》らせて、江戸に入った。

旅籠《はたご》で荷を解くと、その日から三、四日かけて上屋敷を見張り、奥山が外に出てくるのを待ち続けた。

そして四日目の夜、ついに奴が現れた。

顎《あご》の骨が張り、目が細く吊り上がり、潰れたように横に膨《ふく》らんだ鼻。薄い唇《くちびる》はへの字に垂れ下がり、いかにも狡猾《こうかつ》そうな面構《つらがま》え。

憎き奥山の顔を、藤次郎は忘れてはいない。

供の者が二人いたが、藤次郎は構わず奥山らの前に立ちはだかった。

「飯島藩家老、奥山主禅だな」

奥山は答えることなく、目を細めて藤次郎を睨んだ。その前に、すっと刀を抜いた男が身を寄せた。奥山の家来、根本勝只《ねもとかつただ》だ。

根本は腰を低くし、刀を脇構《わきがま》えにした。瘦《や》せて青白い顔をしているが、全身にみなぎる気迫は凄《すさ》まじい。

——かなりの遣い手。

藤次郎は身を引き締めて刀を抜き、正眼に構えた。

——いざ、まいる。

藤次郎が斬り込もうとした時、奥山らの背後の辻からつと現れた人影にぎょっとした。

その後ろ姿は紛《まぎ》れもなく、師、阿南也八郎だったからだ。

こちらに気づくことなく遠ざかってゆくのだが、動揺した藤次郎は素早く刀を納《おさ》めると、その場から走り去った。

あとを追う気配があったが、奥山が大声を張り上げて、それを止めた。

この時はまだ、藤次郎を小者と見ていたのであろう。

その日から二月《ふたつき》が過ぎ、五名もの藩士が襲撃されたとあっては、飯島藩にとっても、面目にかかわる由々《ゆゆ》しき事態となっている。

倒された藩士の中には、刀を抜く前に脳天を打たれ、鞘《さや》をにぎったまま仰向けに気絶した者もいて、このざまは、周囲の大名屋敷にたちまち広がった。

武士たるものが刀を抜く前に倒されるなど、あってはならないのだ。

江戸家老たる奥山が黙っているわけはなく、方々に人を走らせて、襲った者の居所を突き止めようとしていた。有力な話をもたらした者には金五十両を出すとまで触れ回ったのだが、手がかりがないまま、今日にいたっている。


さて、この日、日が暮れるまでにねぐらに戻った藤次郎は、腰の大小をはずしてあぐらをかき、大好きな酒に舌鼓《したつづみ》を打った。

ふた口、三口と酒を飲みながら、

「明日はどう始末するか」

と、目を輝かせている。

実は、耳寄りな情報を得ていた。

藩邸を見張っていた藤次郎は、中間を伴って出かけた藩士の跡をつけ、人気がない道に入るのを確認して、先回りした。

物陰からつと現れ、怯《おび》える中間に、

「去れ！」

と藤次郎は一喝《いっかつ》すると、走り去る中間に構わず木刀を構えた。

「ま、待て」

中年の藩士は、己の名を松村《まつむら》と名乗り、役を勘定方《かんじょうかた》だと告げた。だからどうした、とばかりに聞いていた藤次郎であったが、

「おぬし、もしや辻殿であろう」

これには、藤次郎も目を見張らずにはおれなかった。

「お父上のことは、よう知っておる」

「…………」

「まことに、辻殿は気の毒であった」

「…………」

藤次郎は、木刀を正眼に構えてにじり寄る。

「待て、わしは辻殿と友であったのだ。むしろ、ご家老に恨みがあるのならば、手を貸そう。な、頼むから、見逃してくれ」

「……何を手伝うというのだ」

「耳寄りな話を教える」

　ふと、拝《おが》むように言う松村が哀《あわ》れに思え、藤次郎は木刀を下ろした。

「言え」

「ご、ご家老は明日の午後、ご老中の呼び出しに従い、殿の名代《みようだい》としてお城にのぼられる」

「何、まことか」

「嘘《うそ》ではない。八つ（午後二時頃）に出立《しゆつたつ》の予定だ」

「警固《けいご》は」

「およそ十人」

「よし、このおれが知ったこと、誰にも言うでないぞ」

「言うものか。言えば、わしの首が飛ぶ」

「ゆけ！」

　腰が砕《くだ》けた松村は、転げるように逃げていった。その背中を見届けた藤次郎は、明日の決戦に備えるべく、夕刻に隠れ家に戻ったのだ。

　家主の女房が用意した汁と漬物《つけもの》をおかずに、飯を三杯ほど腹に収めると、また酒を飲みはじめた。

奥山はもちろんだが、飯島藩自体に恨みを抱く藤次郎は、藩士を片っ端から打ち倒すつもりでいる。

今日の松村の怯えきった顔を思い出し、

「腐れ外道どもめ、もっと怯えるがいい」

復讐の鬼と化した藤次郎は、不気味な薄笑いを浮かべて、茶碗の酒を飲み干した。

その頃、こっそりと百姓家を出る者がいた。

二十両という金を手に入れたことで、眠っていた欲が目をさました、この家のあるじである。

小屋に潜《ひそ》み暮らす藤次郎のことを、金に換えようとたくらんでいた。

この農夫は、藤次郎が昼間、松村にしたことを、たまたま目撃していたのである。

五

新見左近は三島屋の居間に横になり、のんびりと庭を眺《なが》めていた。

すっかり元気を取り戻したお琴は、昨日から店を開き、今も、客のにぎやかな声が店から聞こえてくる。

こうなると、左近は暇《ひま》なのだ。お琴は合間を見てお茶を飲みに来るが、会話もそこそこにすぐ戻ってしまう。

その背中を見送った左近は、庭に気配を感じて、

「小五郎か」

「はい」

視線を向けると、縁側の下に片膝をついた小五郎がいた。

「まあ、上がれ」

自ら茶を淹《い》れてやると、小五郎が目を丸くした。

「そのようなことをされては……」

「これぐらい、なんでもないことだ」

「では、ありがたく頂戴《ちょうだい》いたします」

左近は、小五郎が茶を一口飲むのを待って問う。

「何かわかったのか」

「はい」

小五郎は湯呑みを膝の上で持ち、告げた。

「飯島藩が、辻藤次郎の潜伏先《せんぷくさき》を突き止めました。今は、広尾の百姓家に潜んでおります」

「やはり、江戸におったか」

「すぐ手の者を差し向けましたが、昨夜から、一歩も外へ出ておりません」

「五人も襲ったのだ。ほとぼりが冷めるのを待っているのだろう。阿南殿に知らせてやらないとな」

「今知らせるのは、危のうございます」

「うん？」

「それが……今日にも、奥山主禅が討伐隊《とうばつたい》を出すのではないかと……。屋敷に忍ばせたかえでが申しますには、討伐を渋る藩主元親公を、必死に説得していたようです」

「ここは将軍家お膝下《ひざもと》だ。元親公はことを大きくしたくないのであろう」

「はい」

「して、肝心の奥山は、どんな男であった」

「相当な狸《たぬき》ですね。元親公の目を盗んで、いろいろ派手にやっているようです。

出入りの商人と組んで裏金を作り、私腹を肥《こ》やしているとか」

「主君のことを、軽んじているようだな」

「はい。藩内でも、奥山の評判は悪いようです。これは何かあると思い、よく思っておらぬ様子の者に探りを入れてみますと、以前、辻家に何が起きたのか、聞き出すことができました」

そこで小五郎は、辻藤次郎が奥山と飯島藩を恨む理由を明かした。

左近の目が鋭くなった。

「そのようなことがあったのか。奥山と申す男、己の欲のためには手段を選ばぬようだな」

「はい」

「小五郎」

「はっ」

「辻のところへ案内しろ」

「殿、それはいけません。いつ討手《うって》が出されるかわかりませ……」

止めるのも聞かず、左近は安綱をにぎり、さっさと外に出ていった。

広尾に辿《たど》り着くと、田圃に囲まれた小さな百姓家は、とんでもない騒動になっていた。

「や、遅かったか」

野次馬が遠巻きに見守る先には、指揮官の騎馬一騎と、襷《たすき》に鉢巻きで戦支度《いくさじたく》を整えた侍たちが農家を取り囲んでいた。

見物する群集の中に知った顔を見つけた左近は、男の横に立った。

「お、なんだ、あんたかい」

驚いたのは町方同心、宗形次郎だ。その横には、同僚と思《おぼ》しき同心がいて、おもしろくもなさそうな顔を向けてきた。

左近は、偶然通りかかったふりをしながら訊いた。

「なんの騒動だ」

「あの小屋に、脱藩者が隠れているらしい」

「ではあの者たちは、飯島藩の者か」

「よく知ってるじゃねえか」

「まあ、これでも武士の端《はし》くれだからな。近頃、このあたりで起きていることぐらいは、小耳に挟んでいる」

「へえ、そうかい。それにしても、たった一人捕まえるのにご大層なこった。もっとも、すぱっと二人やられてるから、恐ろしくて近寄れねえみたいだが」

宗形が指差す小屋の入口あたりに、二人の藩士が横たわっている。

一人は動かぬが、もう一人は手を前に出してもがいていた。どうやら、足が動かぬらしい。

「交渉すると見せかけて斬ろうとしたら、あのざまだ。しかも木刀の一撃で倒れちまった。中にいる野郎は、相当な遣い手だぜ」

宗形が言い終えると同時に、小屋の中で人が動いた。外に向かって、

「奥山を連れてこい！」

と、叫んでいる。

応じる声はなく、刀と槍《やり》を持った藩士たちがじりじりと包囲を狭《せば》めてゆく。

状況不利と見た辻藤次郎が表に飛び出し、突破口を開くべく、木刀を振るって猛然と走った。

思わず助けに駆け寄ろうとした左近の肩を、宗形が止めた。

「やめとけ、飯島藩二万五千石を敵に回すつもりか」

「しかし……」

「そのへんの悪党を懲《こ》らしめるのとはわけが違うんだ。お節介《せっかい》もほどほどにしねえと、いつか死ぬぞ」

「死にはせぬよ」

「おい、待たねえか。ったく、しょうがねえ野郎だ」

――藤次郎の命が危ない。

そう思った左近は走った。

周囲を固めていた藩士が気づき、

「止まれ！」

と怒鳴り、三人が槍衾《やりぶすま》を作って止めに来る。

そうしているあいだにも、辻藤次郎は討手に木刀を打ち込み、二人、三人と倒してゆく。

電光のごとくとはまさにこのことで、腰を低くしたままの姿勢で右へ左へと身を滑らせて刃《やいば》をかわし、胴を払い、背を打ち、前に突き進んでいく。

十人ほどの集団を突破した先に、一人の藩士が両手を広げて立ちはだかった。

足を止めた藤次郎が、肩で息をし、背後を気にしつつ藩士を睨みつける。

「拙者、飯島藩徒目付《かちめつけ》、高崎四朗《たかさきしろう》！」

名乗りをあげると、腰から太刀を抜き払い、正眼に構え、

「辻藤次郎！　尋常に勝負いたせ！」

と言い放った高崎の自信に満ちた総身からは、殺気がみなぎっている。

「ふん、おもしろい」

この期《ご》に及んで、藤次郎は木刀を構えた。

「馬鹿にしおるか、抜けい！」

この一言が、勝敗を決した。

「むむ！　あっ！」

つと前に出た藤次郎が、地を蹴り、鳥のごとく宙に舞った。

高崎が刀を突き上げて応戦しようとしたが、まさに雷神の稲妻《いなずま》のごとく、高崎の脳天に木刀の切っ先が振り下ろされた。

月代《さかやき》をかすめただけのようにも見えたが、高崎は太刀を天に突き上げたまま気絶し、ばったりと大の字に倒れた。

雷神斬りを目《ま》の当たりにした左近の口から、

「お見事……」

と、思わず賞賛の言葉が出た。

倒された高崎四朗は、おそらく飯島藩一の遣い手であったのだろう。藩士たちからどよめきが起こり、狼狽《ろうばい》している。

「怯《ひる》むな、奴を殺せ!」

馬上の指揮官が怒鳴り、総崩れはなんとか免《まぬが》れた。

だが、藤次郎の目の前に出る者はなく、残るは騎馬一騎のみ。

野獣のような声をあげて、藤次郎が走り出した。見事、包囲を突き破るかと思われたその時、広尾の田圃に、一発の銃声が轟《とどろ》いた。

左近は「あっ」と息を呑み、その場に立ち止まった。

槍衾《やりぶすま》で左近を警戒していた藩士が、背を返して走っていく。

その先に見える藤次郎は、鉄砲の弾がどこかに命中したのか、木刀を振りかざしていた動きが急激に鈍《にぶ》った。

だが、それでもなお、鬼神《きじん》のごとく騎馬武者に迫る。

大気を揺るがし、ふたたび銃声が轟いた。

胸を撃ち抜かれた藤次郎は、口から血を吐き出して、ついに歩みを止めた。

地に立てた木刀にしがみつくように膝をつくと、歯を食いしばり、血走った目を騎馬武者に向けている。

背後から槍を持った藩士たちが迫り、穂先《ほさき》を向けて取り囲んだ。

「待てい！」

号令した指揮官が、馬から下りて藤次郎の前に歩み寄る。素早く太刀を抜き払うと、物も言わずに首を刎ね飛ばした。

藤次郎の首が胴体から離れ、首から鮮血が噴き上がると、見物の群集から女の悲鳴があがった。

群集は騒然となったが、それは一時のことで、この騒動に片がつくや否《いな》や、皆すっと潮《しお》が引くようにその場から立ち去っていった。

日の光に照らされた田圃の中に、藤次郎の首が転がっている。

血振《ちぶ》りをした太刀を鞘に納めた指揮官が、血と泥《どろ》に汚れた藤次郎の首を見下ろし、不敵な笑みを浮かべた。

「引きあげじゃ」

負傷した者たちを戸板に乗せて、飯島藩の者たちが粛々《しゆくしゆく》と引きあげていく。

気絶していた高崎四朗も目をさましたようで、脳天から出血があるものの、しっかりとした足取りで左近の横を通り過ぎていった。

最後まで真剣を抜かなかった辻藤次郎の骸《むくろ》は、その場に打ち棄てられたままになっている。

指揮官が馬にまたがると、飯島藩から心づけをもらっているのか、町方同心の一人が駆け寄った。

得意満面な顔で同心を見下ろし、指揮官は何やら言葉を交《か》わしている。言い終えて大声で笑うと、馬を走らせて颯爽《さっそう》と帰っていった。

「奴めが、奥山主禅の懐刀《ふところがたな》、根本勝只。藤次郎の姉の一件にも絡んでいるようです」

いつの間に現れたのか、小五郎が左近の背後から小声で告げた。

そこへ――。

「まったくよう、寄るな触るなと言っておいて、後始末は町方にさせるつもりだぜ」

言いながら近寄ってきた先ほどの同僚を見て、宗形が憮然《ぶぜん》とした。

根本が去ると、その同心が手下の者に指図をはじめる。

「首を刎ねられたあの者は、どうなるのだ」

左近が厳しい口調で、宗形に尋ねた。

「罪人として扱われて、無縁墓に葬られるだろうな。何があったのか知らねえが、ここだけの話、おれは殺されたほうの男に味方したくなったぜ。最後まで刀を抜かねえ奴を、鉄砲で撃ったあげくに首を刎ね飛ばすなんざ、やり方がひどすぎやしねえか」

その場で片手を立てて拝み、宗形はため息をひとつ残して帰っていった。

六

左近は広尾での騒動を告げるために、岩城道場に足を運んだ。

道場の門を潜る頃には日が暮れていたが、阿南也八郎はまだ戻っていなかった。

この日も朝から、弟子を捜しに出かけたという。

「今日は、芝《しば》あたりまでゆくと申されていたが。そのうち戻られるだろう」

泰徳はそう告げると、稽古の指導に戻った。

おそらく芝には、広尾の騒動は届いていないだろう。

そう思いながら待っていると、程なくして阿南が帰ってきた。巨体を揺すりながら道場に現れ、

「やあ、新見様」

歩き疲れたような顔をしていたが、左近に笑みを向けてあいさつをした。

「阿南殿、お伝えしたきことがあります」

左近の声音《こわね》にただならぬ気配を感じたのか、泰徳が稽古を師範代にまかせ、

「奥へまいろう」

稽古の声が届かぬ部屋に入り、お滝に茶を用意させると、戸を閉め切った。

阿南は右足をかばうように座り、膝を伸ばしている。

「いやあ、今日も見つかりませなんだ。藤次郎の奴、いったいどこに隠れているのでしょうな」

「阿南殿……」

左近は居住まいを正し、広尾であった出来事をすべて話して聞かせた。

「……そうですか、藤次《ふ》郎の奴、死にましたか」

阿南也八郎は、急に老け込んだような顔で肩を落とした。

「真剣を抜かぬ者を、寄ってたかって殺すとは卑怯《ひきょう》な」

泰徳が悔しげに言い、拳《こぶし》で膝をたたいた。

「指揮を執《と》ったのは、根本という奥山主禅の家来らしい。この男も、奥山に劣《おと》らぬ曲者と聞く」

「…………」

耳には届いていないようであったが、やがて阿南は、

「……仇を、討ってやりたいですな」

と、呆然と言った。

「無理ですよ、阿南さん。相手は飯島藩二万五千石の家老だ」

ほんとうに斬り込みそうだと思ったのか、泰徳が心配している。

阿南は莞爾《かんじ》として笑い、

「そうですな。藤次郎ほどの者でも倒されたのですから、わたしなど、とてもとても」

お滝が出してくれた茶をすすり、羊羹《ようかん》を頬張《ほおば》った。

「これで、名古屋に帰れます」

羊羹を嚙《か》みしめる頬に、一筋の涙が流れ落ちた。

それを見た泰徳は歯を食いしばっていたが、口を開いた。

「今夜は、飲みましょう。藤次郎殿の弔《とむら》いをしてあげようではありませんか。この場に亡骸《なきがら》がなくとも、魂《たましい》は師匠のもとへ戻っていますから」

「そうですな。うん、きっと、帰ってきてくれているでしょう」

阿南は天井を見上げ、

「なあ、藤次郎」

手を合わせ、むせび泣いた。

泰徳も唇を震わせ、

「よし」

と、気合を入れる。

「飲み明かしましょう。さっそく、父上を呼んでまいります。左近、おぬしも飲もうぞ」

「わかった」

「お滝、おい、お滝……」

部屋を出ていった泰徳の声が遠ざかると、阿南は涙を拭い、深い息を吐いた。

「時に、新見様」

「はい」

「藤次郎めは、あっぱれな最期でしたかな」

「ええ。見事でありました」

「それを聞いて、安心し申した」

阿南は目を細め、視線を畳に向けた。

「拙者が江戸に来るのは、これが最後となりましょう」

「寂しいことを言われる」

「いや、この体軀《たいく》が祟《たた》りましてな、長旅はこれが最後と、医者に言われております。足が、思うように動かぬようになってきているものですから」

「……………」

「藤次郎を喪《うしな》った今、名古屋の道場も閉めるしかございますまい。ああ、このことは、どうかお二人には……」

「あいわかった」

阿南はそれだけを言うと、寂しそうな笑みを浮かべていた。

阿南が姿を消したのは、それから二日後の朝のことだった。

泰徳が言うには、礼の言葉を手紙にしたため、国広の太刀と共に、道場の神棚《かみだな》に置いていったという。

それから何日か過ぎていき、広尾の騒動は人々の口の端《は》にのぼらなくなった。

ある日の夜、奥山主禅が数名の家来を供にして、飯島藩江戸上屋敷近くの道を歩いていた。

藩出入りの商人が開いた会合に招かれ、贅《ぜい》を尽くした接待を受けて、上機嫌である。

この奥山、あるじ元親公の断を待たずして、勝手に討伐隊を出していた。

そのことで藩主元親公は公儀に呼び出され、たっぷりと油を絞《しぼ》られる事態となったのだが、今や藩政を牛耳《ぎゅうじ》る奥山に対し、元親公は小言ひとつ言えないのである。

それはなぜか――。

なんと奥山は、藩の財政を立て直す名目で商人から多額の金を借り、自分の口利きがなくなれば、即座に返済を迫られると元親公を脅《おど》しているのだ。

そのようなこともあり、奥山は日頃から用心深い。

帰りの駕籠《かご》を断ったのは、この男なりの考えがあってのことであろう。

こうして徒歩で帰れば、いざという時に、素早く身を守ることができると思っているのだ。

それでも、襲撃を警戒するなら早足で歩きそうなものだが、今夜は酒に酔うているらしく、家来と会話をしながら、ゆるりとした足取りで歩んでいた。

「のう、根本。今日のおなごは、どうも、おもしろうなかったの」

「あのおなごは松の位《くらい》と聞きましたが、太夫《たゆう》ではお気に召されませぬか」

「わしはな、この歳になって思い出すのだ。あの……辻の娘のことをな」

「確かに。あれは、いいおなごでございましたな」

「女郎屋に取られるくらいなら、座敷牢《ざしきろう》にでも押し込めておけばよかった」

「ご冗談を」

「むふ、ふふふ」

ふと、前を歩く者が足を止めた。

と思う間もなく、奥山家の家紋入りのぶらぢょうちんが地面に落ちて、ゆるやかに燃えはじめた。その横に、気絶した家来が横たわっている。

ゆらめく炎に照らされて、木刀を持った男が現れた。

「曲者！」

「おう！」

奥山を守るべく家来どもが一斉に刀を抜き、曲者を迎え撃つ。

「げぇ……」

「わぁ」

「うぅ」

たちまち三人が打たれ、地面に倒れ伏した。

それを見た奥山は絶句して震え上がり、二歩三歩と後ろに下がった。あるじを守るために前に出たのは、根本だ。

「おのれ曲者、飯島藩江戸家老、奥山主禅の一行と知っての狼藉《ろうぜき》か」

「いかにも、そのとおり」

曲者がやんわりとした口調で言った。

「名を名乗らぬか！」

「辻藤次郎！」

曲者が大声で言うと、奥山と根本がびくりと身を震わせて驚いた。

「馬鹿を申すな、奴は——」

「そう、お前たちに殺された。拙者、辻にかわって仇を討たせてもらう」

「ふん、させるか」

腰を低くした根本が静かに刀を抜き、脇構えの姿勢を取った。

「返り討ちにしてくれる！」

言うなり、横一文字に胴を払いに出た。休む間もなく突きを出し、怒濤《どとう》の攻撃を繰り出してゆく。

曲者はその攻撃をことごとくかわし、木刀で刀を払い上げた。

「ぬう、おのれ」

根本は怯まず、次々に攻撃を繰り出してくる。曲者は徐々に押されはじめたように見えるが、やはり、かすりもしない。

根本が、ぴたりと足を止めた。

いや、気迫に押されて、前に出られなくなったのだ。

根本は顔を引きつらせ、

「どうした、防ぐだけでは勝てぬぞ」

と強がりを口にする。

言い終えると正眼に構えて間合いを計り、ふたたび攻撃をはじめた時、黒い影が宙を舞った。

「あっ」

根本は一瞬、言葉を発したが、雷《かみなり》に打たれたようにその場で棒立ちとなると、そのまま仰向けに倒れた。

根本が倒されるのを驚愕の目で見ていた奥山は、必死の面持《おもも》ちで命乞《いのちご》いをはじめた。

「た、助けてくれ。か、金か、金ならいくらでもやる。な、な、頼む」

「外道め、辻親子の恨みを思い知れ」

「ぎゃあぁ」

暗闇に悪党の悲鳴が轟いた。

※

今日も繁盛《はんじょう》している三島屋の喧騒《けんそう》の中で、左近は昼寝を楽しんでいた。

「左近、おい左近、起きろ」

身体を揺すられて目を開けると、嬉しそうに微笑《ほほえ》む泰徳の顔があった。

「おや、珍しいではないか」

「これを見ろ」

泰徳はあいさつもそこそこに、懐から書状を取り出した。

「阿南さんから手紙が来たぞ。名古屋に到着したそうだ」

「そうか」

「眠そうだな、聞いておるのか」

「ふむふむ」

「おぬし、夜遊びが過ぎるのではないか」

泰徳がお琴に聞こえんばかりに大声を出すものだから、左近は慌てて身体を起こした。

「そのようなことはしておらぬ」

動揺する左近を見て、泰徳はにんまりとした。

「これを見ろ」

渡された手紙には、達筆で阿南の言葉が書かれている。

それによると、阿南は江戸を旅立ったあとに思い立ち、信州へ向かったという。

愛弟子《まなでし》、藤次郎の姉を捜しに、宿場を渡り歩いたのだ。

その結果、藤次郎の姉を見つけた。

姉は生きていたのだ。売られた先の女郎屋で、そう長く働かないうちに豪農の跡取り息子に見初《みそ》められ、身請《みう》けされていた。

妾《めかけ》ではなく正式な妻として迎えられた藤次郎の姉は、今や七人の子に恵まれ、幸せに暮らしているという。その嬉しさが伝わってきた。

阿南の筆からも、その姉に藤次郎のことを包み隠さず伝えると、姉夫婦は弟の死をひどく悲しみ、そして阿南に感謝して、八歳になる三男を養子にくれたらしい。

左近は微笑んだ。

「また、剣を取る気になったようだな」

「叔父《おじ》に似て、その子は筋がいいらしい」

「そう書いてあるな」

「父に命じられて、今度、国広の太刀を届けに行くことになった」

「ほう、名古屋へゆくのか」

「近々、行こうと思っているのだが、一緒にどうだ」

ふと、根津の藩邸にいる正信の怒る顔が浮かんだ。それに、お琴を一人にすることも気になる。

「いや、遠慮しておこう」

「なんだ、暇なのだからいいではないか」

「………」

「お琴を一人にしとうないか」

「まあ、そんなところだ」

「あはは、正直でよろしい」

「…………」

笑っていた泰徳が、急に難しい顔をした。

「それにしても、阿南さんが名古屋にいるということは……昨夜のあれは、誰の仕業だろうか」

「何かあったのか」

「例の、飯島藩の家老がな、家来の根本と共に、藩邸近くの道端で松の木に縛りつけられていたそうだ。二人とも気絶していたそうだが、これまでの悪事をすべて書かれた立て札がされていたらしいぞ」

「ふうん、どこで聞いたのだ」

「今朝、飯島藩に仕える門人が言うておった。悪いことに、公儀大目付《おおめつけ》の耳にも入ったらしい」

「では、藩は今頃大騒ぎであろうな」

「堪忍袋《かんにんぶくろ》の緒《お》が切れたのか、それとも是が非でも家を守るためか、飯島の殿様が二人に切腹を命じられて、なんとか藩へのお咎《とが》めは免れたらしい」

「ずいぶんと動きが早いな。その一件も、飯島の殿様が、悪い噂《うわさ》の絶《た》えぬ家臣を葬るために、ひと芝居打ったのではないのか？」

「それがな、不思議なのだ」

「うん？」

「家来の根本は、脳天を打たれて気絶したらしい。おれはてっきり、阿南さんが雷神斬りを遣ったと思い、気を揉《も》んでいたのだが……そこへこの手紙が届いた」

「似たような技があるのでは」

「いいや、襲うた者が宙を舞ったのを、見た者がいるのだ。ちょっと離れたところを、どこだかの酔っ払った若旦那が歩いていたらしくてな」

「え？」

「なんだ、やけに驚いて」

「いや……」

「……まあいいさ。それでな、その雷神斬りの遣い手は、家老と家来を打ち倒して縛りつけたあと、姿を消したらしい」

「ふうん」

「まあ、奉行所の連中は、酔っ払いが言うことだからと、まともに相手をしていないらしいが……」

「ふぁあああ」

「……なんだこいつ、人が話しているのに、寝る奴があるか」

第四話　鳴海屋《なるみや》事件

※

静かな庭園の池で、鯉《こい》が餌《えさ》を食《は》んでいる。

座敷の濡《ぬ》れ縁《えん》から餌を投げ終えると、男は手を後ろに回して結んだ。

無言で背を向ける男に、若年寄《わかどしより》、石川乗政《いしかわのりまさ》が平伏《へいふく》した。

すでに人払いがされており、あたりは静まり返っている。

水鳥が水面《みなも》を蹴りながら羽ばたく音がした。池にいた真鴨《まがも》が、雪雲の空に飛び立ったのだ。

「いい知らせを持ってきたのであろうな、乗政」

男は、空を飛ぶ真鴨を見上げながら言った。

「手の者が、甲州様らしき人物を見つけました」

「仕留めたか」

「いえ、先の飯島藩の騒動の折、広尾で見つけたのでございます。人が多く、手が出せなかったと」

「それのどこが、いい知らせなのだ」

「出入りの道場を突き止めましたので、今刺客を呼び寄せているところでございます。甲州様には、近いうちに必ずや消えていただきます」

「刺客とは、善光《ぜんこう》の手の者か」

「はい」

「奴とは繋《つな》ぎが途切れたと申したではないか」

「善光は行方がわかりませぬが、百鬼組《ひやっきぐみ》とは繋ぎが取れますので」

「では、皆呼び寄せたのか」

「いえ、一人でございます」

「何、たったの一人だと」

男は憮然《ぶぜん》とした顔を、石川に向けた。

「ちまちまと小出しにせずに、鬼どもを全員動かして早く片づけろ」

「彼《か》の者どもが全員江戸に入りますと、さすがに大目付あたりが気づきまする。慎重にことを運びませぬと――」

「言われなくともわかっておる」

「ははあ」

「とにかくことを急げ、よいな」

「ははあ」

甲州様こと、新見左近の命を狙うべく、石川乗政は屋敷をあとにした。

現四代将軍、徳川家綱に世継ぎがいないことが、次期将軍の座をめぐる争いの火種《ひだね》となり、幕閣に暗い影を落としていた。

家綱の弟である徳川綱吉《つなよし》を次期将軍にするには、家綱の甥《おい》である左近の存在が、この者らにとっては邪魔なのだ。


屋敷に戻った石川乗政は、待ち人がいると家来から告げられ、その者がいる部屋に向かった。

「待たせたな。姉の具合はどうじゃ」

「はっ。おかげさまをもちまして、日に日によくなっております」

「うむ。我が藩医は、上様の脈を取ったこともあるほどだからのう」

「まことに、ありがとうございます」

「薬代のことは気にせずともよいのだぞ。それよりも、そなたの剣の腕を、このわしに貸してもらいたい」

「わたくしにできることならば、なんなりといたします」

「そうか、では近う寄れ」

「はは」

石川は、顔にまだ幼《おさな》さが残る若者の耳元で何やらささやいた。

若者は、険しい顔を石川に向ける。

「……その者が、上様のお命を狙《ねろ》うているのですか」

「うむ、天下を揺るがす極悪人じゃ。その者の命を取ったあかつきには、そちたちの悲願であるお家再興も許されるぞ」

「それは、まことにございますか」

「上様の命をお救いするのだ、当然であろう」

「では、さっそく姉と策を練り、必ずやその者の命を取りまする。ごめん」

若者は平伏すると、いそいそと帰っていった。

入れ替わりに廊下に現れた家来が、片膝《かたひざ》をついて報告した。

「殿、例の者が、江戸に入ったとの知らせが来ました」

「これで、万事うまくゆく。いよいよわしも老中に昇格じゃ」

石川は独り言のようにつぶやき、不敵な笑みを浮かべた。

一

その日、知人宅で囲碁《いご》を楽しんで戻ってきた岩城雪斎は、道場の門に足を踏み入れて、ふと立ち止まった。

枇杷《びわ》の木の杖《つえ》をにぎる手に、思わず力が入る。それほどに、背中に凄《すさ》まじい気を感じたのだ。

何げなく、そろりと振り向くと、通りの先に軒《のき》を連《つら》ねる商家の角に、それはいた。

格子縞《こうしじま》の着物をだらりと着た女が立っていて、じっとこちらを見ている。

遠目にも透《す》けるように色が白く、切れ長の目に中高《なかだか》の顔は瓜《うり》のように小さい。

赤い紅《べに》をさした唇《くちびる》の端を上げて微笑《ほほえ》むさまは、雪斎に言わせると、まさに身の毛もよだつ妖艶《ようえん》な女狐《めぎつね》、である。

「あれにかかっては、男は正気でいられまいよ」

夕餉《ゆうげ》の席で、雪斎は倅《せがれ》の泰徳にそう言った。

「そのようなおなごが、父上になんの用があるのでしょう」

「うむ？」

「いえ、じっと見ていたのでしょう」

「見ていた」

「父上に用があったから見ていたのでは？　声をかけられなかったのですか」

「わしが声をかけることはあるまいよ。用があるなら、あちらから来ればいい」

「はあ、確かに」

「おなごが、どうかされましたか」

銚子《ちょうし》を持ってきたお滝から刺すような目を向けられて、泰徳はたじろいだ。

「いや、父上がな、門の前でおなごに見つめられたらしい」

「さようでございますか。殿方はよいですねぇ。おなごに見つめられたくらいで、このようにお話に花が咲くのですから」

「…………」

ぴしゃりと言われて、親子は黙り込んでしまった。

お滝が雪斎に酌《しゃく》をしながら、顔を見た。

「お義父《とう》様」

「うむ？」

「そのおなごとはもしや、黒地に赤い格子縞の着物を着た人では」

「おお、そうじゃ。その着物じゃ」

泰徳が問う。

「お滝、知っている人か」

「いえ、わたくしも見かけたものですから」

「いつ」

「昼を過ぎた頃です」

「父上、やはり当家に用があるようですな」

雪斎は渋い顔をする。

「あるいは、見張りか」

「見張られるような覚えはございませんが」

「さよう、じゃが、ここに来る誰かを待っているのかもしれぬぞ」

「さては、門人《もんじん》の誰かが、そのおなごに歯の浮くようなことを申したのでしょうか」

「ああ、そういえば、色町《いろまち》あたりにいそうな雰囲気ではあったな」

「そのへんで遊ぶとすれば……秋太郎《しゅうたろう》ですね」

「ああ、あ奴な。確かに確かに。では、明日にでも訊《き》いてみなさい」

と言う雪斎は、なんだかがっかりしたようであった。

秋太郎とは、大身《たいしん》旗本六千石、弘前《ひろさき》家の次男坊のことである。剣の稽古《けいこ》は熱心だが、筋はよくないと言えよう。

次男坊ということで母親から溺愛《できあい》されて育ったらしく、素行はあまりよろしくない。

二十七歳になっても婿入《むこい》り先も決まらず家にいるのだが、誰からも邪魔者扱いされることなく、のんびり気ままに遊び暮らしているのである。

「あの者は、どこか新見左近に似ておるの」

以前にそう言ったのは、雪斎だ。背格好も似ていれば、何をするでもなく気ままに暮らしているところもそっくりだ、と笑っていた。

違うところといえば、剣の腕と、女に関してだろうか。

秋太郎は、女癖が悪いことではちょいと名が知られている。

さて、その秋太郎が道場に現れたのは、翌朝であった。

泰徳はすぐさま奥に呼び出し、女のことを告げたのだが、秋太郎は眉《まゆ》を寄せて、口をすぼめた。

「はて、そのようなおなごは知りませんが……」

「そうか、ならばよいのだ。稽古に戻ろう」

さして興味がなかった泰徳は、あっさりと腰を上げた。

「あ、お待ちください」

「…………」

呼び止められて、泰徳は座りなおした。

「そのおなごは、今朝もいましたよ」

「何？」

「わたしは横を通り過ぎましたが、見向きもされませんでした」

「では、やはりおぬしが目当てではないか」

「はい。わたしはここ最近、色町には行っておりませんから」

「どこか、具合でも悪いのか」

泰徳は、露骨《ろこつ》に秋太郎の股間に目を落とした。

「違いますよ。ここはいたって元気そのもの。毎朝収まりがつかなくなり、ふんどしから顔をのぞかせております。あは、あはは」

「…………」

泰徳は呆《あき》れて言葉もない。

「若先生こそ、身に覚えはございませんでしょうな」

「おれがそのようなこと、できると思うか」

「あ、確かに……」

「馬鹿者、むしろ少しは疑え」

秋太郎は首をすくめた。

「いったい、誰に用があるのだろうか」

「きれいなおなごだけに、気になりますか」

「うむ、昨日に続いて今日もいるとなると、気になるな」

「では、わたしがこれから行って、誰に用なのか訊いてまいります」

「とか申して、茶屋にでも誘うつもりだろう」

「…………」

「否定せぬか」

「あいや、これはおそれいりましてございます」

「まったく……女が好きだな、お前は」

「はい、三度の飯よりも」

「しょうがない奴だ」

襖《ふすま》の向こうで足音が止まった。

「先生」

「なんだ」

襖を開き、門人の畠山大悟《はたけやまだいご》が頭を下げた。

「入門を希望する者が表に来ております」

「見学もせずにか」

「それが……おなごでございます」

「何」

泰徳はいやな予感がして、秋太郎を連れて廊下に出た。

表にゆくと、そこには派手な女ではなく、藍《あい》の小袖《こそで》に灰色の袴《はかま》を穿《は》いた女が立っていた。艶《つや》やかな黒髪を若衆髷《わかしゅまげ》に束《たば》ね、紅もささぬ地味な女である。

——女だてらに。

思わず泰徳が顔をしかめる。

腰には、しっかり大小を差していた。

「雨宮真之丞《あめみやしんのじょう》と申します」

「申しわけないが、当道場には男しか――」

そこで、ふと己の勘違いに気づいた泰徳が、大悟たちと顔を見合わせた。

「男！」

「いかがなされましたか。確かにわたくしは男ですが」

「いや、まことにすまぬ。しかし、この者から女だと聞いておってな。おい、大悟、どうなっておるのだ」

「いやあ、てっきり女だと……。ですが、どう見ても女でしょう」

「うむ、確かに」

「…………」

そこで雨宮が、鼻息を荒くして憮然と言った。

「わたくしがおなごでなかったら、門下に加えていただけますね」

「それはまあ、考えてもよいが……」

「では」

雨宮は小袖の胸元に手をかけ、前を開いてみせた。

「あっ、男だ」

大悟が大口を開けて言い、

「なんだ、つまらねえ」

見たくもねえとばかりに、秋太郎が目をそらした。

「ま、まあ、上がりなさい」

ばつが悪そうにした泰徳は、雨宮を道場に上げると、改めて訊いた。

「おぬし、歳は」

「十五にございます」

「ふむ。して、この道場のことを誰かに聞いたのかな」

「はい。姉から聞きました」

「姉？」

「はい。わたくしをどこへ通わせるか、探していたようなのです。ここなら、間違いないと」

「はて、近頃そのような方は来ておられぬがな」

「いえ、ずっと見ていたようです」

泰徳は、はっと気づいて膝を打った。

「もしや、そなたの姉は、派手な着物を着ているか」

「はい。恥ずかしいのですが、まるで色町のおなごのようにございます」

「ふむ、そうか、そうであったか」

「はあ？」

「いや、なんでもない。ところで、これまで剣術を習ったことは？」

「あります。一刀流《いっとうりゅう》を少々」

「どなたに習っていたのだ」

「父に習いました」

「そうか。家はどちらかな」

「はい、わけあって、今は姉ともども、深川の鳴海屋《なるみや》に世話になっております」

「鳴海屋といえば……」

「お察しのとおり、女郎屋にございます」

雨宮が恥じるようにうつむく。

「わけとは、話せぬようなことか」

「いえ、そういうことではありません……。我が雨宮家は、代々旗本でございました。しかし、祖父の代に断絶となっております。お家再興が父の悲願でありましたが、叶《かな》わぬうちに身罷《みまか》りましたものですから、わたくしが遺志を継いだのでございます。とは申せ、武士たるもの剣術を知らぬでは話にもならず、こうしてお願いに上がったのです」

泰徳はうなずいた。

「秋太郎」

「はい」

「筋を見たい。相手をしてあげなさい」

「はは」

秋太郎は道場の中でも腕が立つほうではない。が、自分より若くて華奢《きやしや》な身体つきの雨宮が相手となると、俄然《がぜん》張り切った。

「どこからでもかかってこい」

と秋太郎、完全に油断しきっている。

木刀を正眼《せいがん》に構えていた雨宮が、すすっと前に出た。

「やあ」

「おう」

秋太郎は、雨宮が打ち込んできた木刀を軽く弾《はじ》き上げた。

木刀が宙を舞い、弾き飛ばされた雨宮が尻餅《しりもち》をつく。

この雨宮という若者──皆が呆気《あつけ》にとられるほど、弱かったのである。

「まいりました」

床に頭を擦《こす》りつけて平伏する姿を見て、泰徳は哀《あわ》れに思ったのか、

「明日から来なさい」

なんと入門を許可した。

これは、道場はじまって以来、最弱の門人が誕生した瞬間であった。

二

それから数日が過ぎた、ある日。

新見左近は、今日もお琴の店にやってきて、奥の居間でのんびりと横になっている。何をするでもなく、久々に晴れ渡った青空を眺《なが》めて過ごしていた。

「左近様、左近様」

呼ぶ声に起き上がると、およねが居間の入口で膝を揃《そろ》え、にんまりとした。

「左近様、今日はとってもいいお天気ですね」

「なんだ、気持ち悪い」

「まっ。人がせっかく、店番をしてあげるから、おかみさんと二人でお出かけに

なったらどうですか、って言おうと思ったのに。なんですよう、その言い方」

と、およねが恩着せがましく言う。

「すまん。およね殿の言い方があまりに可愛らしかったものだから、つい本音が出てしまった」

「それは、気持ち悪いのが本音ということじゃないですか！」

およねがますます機嫌を悪くしたので、左近は逃げるようにして腰を上げた。

店は相変わらず繁盛《はんじよう》していて、店番をするといっても、およね一人では大変だろう。お琴もこんな状態で店を抜け出したくはないはず。

そう思いつつ、ぶらりと店を出ようとすると、客の中に知った顔を見つけた。

――おお、弘前秋太郎殿か。

秋太郎とは、一度だけ試合をしたことがある。岩城道場へ遊びに行った時に試合を頼まれて、仕方なく受けたのだ。

大勢の門人が見守る中で葵一刀流を遣《つか》うわけにもゆかず、ごまかすために編《あ》み出していた富田流《とだりゆう》を遣って試合をしたのだが……秋太郎のなんと弱いことか。

軽く木刀を払ったつもりが、秋太郎の手を離れた木刀がくるくると宙を舞って、見物していた門人の頭を直撃し、その門人は目を回して倒れた。

それで何を思ったか、谷中に帰ろうとする左近の前に、あとから走ってきた秋太郎が地べたに頭を擦りつけ、剣術を教えてくれ、と頼んできたのだ。

まさか、甲府藩主である左近が弟子を取るわけにもいかない。

苦笑しつつも、泰徳のほうが強いのだと必死に説得し、最後は酒屋で酒をおごり、酔い潰してうやむやにした。

それが、左近と秋太郎の付き合いのはじまりであった。

旗本の次男坊ということもあり、少々能天気なところがあるものの、明るい性格の秋太郎を、左近は決して嫌いではない。


「秋太郎殿」

「あっ、これは左近様」

ぱっと顔を明るくした秋太郎の後ろから、見知らぬおなごが顔をのぞかせた。

清楚を絵で描いたような、小柄な美人だ。

「今日は、道場は休みですか」

「いや、そうではないのですが……」

秋太郎はばつが悪そうに言うと、おなごを気遣うように続けた。

「紹介します。春恵《はるえ》です。こたび、一緒になることが決まりました」

「ほう。それは、おめでとうございます」

「え、秋太郎さん、身を固められるのですか」

話を聞きつけたお琴が、目を輝かせて喜んだ。

「ええ、わたしもいよいよ年貢の納《おさ》め時《どき》ですよ」

秋太郎は後ろ頭を手で押さえて、嬉しそうにはにかんだ。

旗本二千石の一人娘である春恵の家に、婿入りが決まったのだという。

「これからは、春恵一筋に生きて、たくさん子を作ります」

などと、若い娘の客が大勢いる中で言うものだから、春恵は秋太郎の袖を引っ張り、顔を赤くしてうつむいてしまった。

「はいはい、ご馳走様《ちそうさま》。ごゆっくりどうぞ」

お琴がさらりと言って、勘定《かんじょう》を待つ客のもとへ戻っていく。

「そうだ、ちょうどよかった。左近様、実はお耳に入れたいことが」

そう言った時の秋太郎は、すでに真顔になっていた。

「……では、奥に行きましょうか」

「はい」

お前は買い物をしていなさい、と春恵に言って、秋太郎は左近のあとについてきた。

お茶を出したおよねが去るのを待って、秋太郎は口を開いた。

「実は、今日は稽古を休んだのでございますよ」

「たまにはよいのでは。息抜きも必要です」

「いえ、違うのです」

秋太郎は、半月前に入門した雨宮真之丞のことを語った。

「……ふうん。新しい門人が入ったのですか」

「はい」

「それで？」

「どうも、気味が悪いのでございますよ。剣の腕はからきしだめですがね、何かこう、木刀を交《まじ》えた時に発する気が、気持ち悪いのです」

「それは、殺気を放っているということか」

「恥ずかしながら、わたくしは剣には自信がありませんので、あれが殺気なのかどうか、わかりかねます」

「泰徳殿はなんと」

「確かめられたのですが、殺気は感じないと申されました。相手を打つことに、がむしゃらになっていると見られたようです」

湯呑《ゆの》みに伸ばした秋太郎の腕に、晒《さらし》が巻かれているのが見えた。

「その右腕はどうされました」

「ああ、これですか。恥ずかしながら、その者に打たれました。これは軽いほうで、大怪我《おおけが》をさせられた者もおります。奴が入門して半月足らずですが、すでに七人が怪我をしています」

「……剣の腕がだめなのにですか」

「ええ、見るからに弱いのですが、たまに当たるとひどい。強い相手に立ち向かう気持ちで挑《いど》むから、つい力が入りすぎるのでしょう」

「それは、難儀ですな」

「はい。手加減をするよう申しておるのですが」

「まあ、誰しも初めはそうなりますからな。まぐれで当たった時は、受けたほうが大変だ」

「はい。まったくです」

秋太郎は困ったように言い、右腕を押さえた。

同じ道場で稽古をする以上、剣を交えないわけにはゆかぬ。

「それにしても、七人も怪我をさせるとは、その者はよほど筋がいいようですな」

「そう、見られますか」

「まだ若いのでしょうから、先が楽しみではないですか」

「若先生も、そう思われているようです」

「甲斐無限流は戦国伝来の剣ですから、その者が腕を上げたら、ますます怪我人が出ますよ」

「脅《おど》かさないでくださいよ」

「あはは、言いすぎました」

「それで、ひとつお願いがあるのですが……」

「聞きましょう」

「今日わたしが申したことは、先生には内緒に。弟子の悪口を言いましたから」

「わかりました」

「近いうちに、道場へ遊びにいらしてください」

秋太郎は、それとなく、雨宮という人物を確かめてくれないかと言いたいのだろう。

そう感じた左近は、

「必ず」

と、うなずいた。

「ありがとうございます。では、これにて失礼します」

「やんちゃな弟子を持って大変でしょうが、大怪我をせぬように」

「はい」

秋太郎は深々と頭を下げて、帰っていった。

入れ替わりにお琴が来て、出かけようと言う。

「店は大丈夫なのか。客が大勢いるようだが」

「およねさんが張り切ってますからね」

ふふふ、とお琴が笑った。

「なんだ」

お琴が店の様子をうかがって、声を低くした。

「気が変わらないうちに行きましょ。亀戸天神《かめいどてんじん》なんてどうかしら。帰りにおいしい物でも食べましょうよ」

「うん、それはいいな」

「およねさん、出かけてきますから」

「お店のことは気にしないで、ゆっくりしてきてくださいな」

およねの言葉を背に店を出たお琴と左近は、竹町《たけちょう》の渡しで大川を渡った。

「いったい、およね殿はどうしたんだろうな」

歩みながら左近が訊くと、

「最近二人で出かけてないだろうって、昨日からそればかり言ってたの」

「そんなに間が空いているとは思わぬが」

「でも、こうしてのんびり出かけるのは久しぶりかも」

「そうであったかな」

などと言いながら、業平橋《なりひらばし》を渡って亀戸に向かった。

お琴は、梅の絵柄が裾《すそ》に入れられた萌黄色《もえぎいろ》の小袖を着ている。左近は藤色の着流しの腰に安綱を差した、いつもの格好だ。

お琴が歩むたびに帯飾りの小鈴が鳴り、耳に心地よい。

付かず離れず、ゆっくり歩んだつもりだが、目的地には意外に早く到着した。

明暦《めいれき》の大火で被害を受けたこの天神社《てんじんしゃ》は、左近の伯父《おじ》、現将軍家綱によって亀戸の地に復興した。太宰府天満宮《だざいふてんまんぐう》に倣《なら》って造営され、今では江戸の観光名所のひとつに数えられている。

二人で参詣《さんけい》をすませ、小梅村《こうめむら》に風雅《ふうが》な料理茶屋があるというので、川沿いを南にくだった。

店の名は矢島《やじま》といい、値段は少々高いが、味は満足できるものであった。

食事をしながらの話題は、自然と秋太郎のことになり、女癖がよくないとの噂《うわさ》を知っているだけに、お琴は婿入りが決まったことが嬉しそうだった。

秋太郎はお琴が幼い頃からの門人であり、兄妹とまではいかないが、それこそ、あの秋太郎が手を出さぬほどに長い付き合いなのだ。

「悪い癖が出なければいいがな」

「そうそう。お婿様だから、悪さをしたらすぐ追い出されてしまいますよ」

「まったくだ」

「わたしは、少々のことは我慢できますけど」

言っておいて、お琴が恥ずかしそうにうつむいた。

二人が黙ってしまうと、この部屋はやけに静かだった。

ふと、人の呻《うめ》き声がしていることに、二人は気がついた。

そのただならぬ声を聞き、左近は何が起きているかすぐにわかったが、お琴はわからぬ様子である。

「何かしら、この声……」

眉根《まゆね》を寄せて、聞き耳を立てている。

しばらくして、女の声であることがわかり、やがて男の名を叫んだせいで、さすがのお琴も、秘めごとがおこなわれていることに気づいたようだ。

急にそわそわと巾着《きんちゃく》を手にして、

「出ましょう」

振り向きもせず、廊下に出ていく。

「まさか、あのような店で、あのようなことがされているとはな」

「もう二度と行かないわ、あんな店」

ぶつぶつと文句を言い、足を速めている。

「せっかくここまで来たのだから、岩城道場へ寄ってみないか」

左近が背中に話しかけると、お琴はぴたりと歩みを止めて、振り向かずにうなずいた。

男女のことを左近と重ねて想像してしまったお琴は、恥ずかしくてその場から飛び出し、左近の顔を見られなくなっていたのである。

当然だが、左近は、そんなお琴の気持ちを知る由《よし》もない。

三

石原町の岩城道場に着く頃には、先ほどまで晴れていたのが嘘《うそ》のように雲行きが怪《あや》しくなり、

「ああ、とうとう降り出したか」

鉛色《なまりいろ》の空から、白い物がちらほらとしはじめた。

「いけない。お洗濯物干したままだわ。わたし帰らないと」

お琴はやはり道場に行くのがいやなのか、急にそう言い出した。

「およね殿が取り込んでくれるだろう」

「店のことで、そこまで手が回らないと思うの。先に帰るわね」

左近を置いて、逃げるように帰っていった。

「やれやれ、どうにも足が向かぬようだな」

左近はくすりと笑い、道場の門を潜《くぐ》った。

表玄関に入ると、若い門人が現れて片膝をついた。

「どちら様で」

「新見左近だ」

見たことがない若者だった。

「これは失礼いたしました。先生からお話はうかがっております」

「何をだ？」

「はい。その、いろいろでございます。申し遅れました。わたくし、新しく末席に加えていただいた雨宮真之丞と申します」

頭を下げて、場所を空けた。

——この若者が。

なるほど、見るからに弱々しいが、身のこなし方といい、目の運び方といい、——筋は悪くない。

と、左近は思った。

顔が映《うつ》るほど磨かれた廊下を歩んで道場に行くと、いつもとは違う雰囲気だった。秋太郎が七人怪我をしていると言ったが、それにしても、がらんとしている。

「ずいぶん人が少ないな」

「おお、左近か」

見所《けんぞ》で稽古を見守っていた泰徳が、苦笑いで迎えた。

先ほど出迎えた若者は、道場の下座にひざまずき、稽古に励《はげ》む門人たちに熱心な視線を走らせている。

「どうなのだ、新しい門人は」

「うむ。まだ半月だが……」

泰徳は耳元に顔を近づけてきた。

「いささか手を焼いている」

「うん？」

左近は初めて聞くふりをした。秋太郎から聞いたことは言わない約束だ。

「元気がありすぎる。力まかせに木刀を振るうものだから、怪我人が出ていかんのだ」

「そんなに強いのか」

「剣の腕はない。だが、力が強いから、まぐれで当たっても相手が怪我をする。

気が弱い者はあいつを怖がってしまってな。このとおり、役目が忙しいなどと言いわけをして、稽古に来ないのだ」

「ふうん」

「まあ、天下泰平の世だから、怪我をしてまで剣術に励もうとは思わないのだろう。今休んでいる者がここへ来る理由にしても、甲斐無限流の名が欲しいだけだしな」

「呑気《のんき》なことを申しているが、このままだと門人がいなくなるのではないか」

「おれはな、ほんとうに剣術を学びたいと思う者だけ来てくれればいいと思っている。父上は反対されるが、学びたいと願う者がいれば、町人や百姓の別なく教えたいと思っているのだ」

「なるほど。甲斐無限流を世に広めたいのだな」

「おれの夢だ。それより、今日は珍しいではないか。呼んでもいないのに、おぬしのほうから来るとは」

どのように捉《とら》えたらいいのかわからない言い方をして、泰徳は微笑んだ。

「さては、妹をくれとでも言いに来たか」

「馬鹿を申すな」

「なんだ、違うのか」

「近くまで来たから、ついでに寄ってやっただけだ」

知らなかったとはいえ、お琴と妖《あや》しげな料理茶屋に入っていたなどとは、口が裂けても言えない。

「やあ！」

道場に甲高《かんだか》い声が響いた。雨宮が師範代に稽古をつけてもらっている。

「なんだ、その腰の入れ方は」

「はい！」

打ち込んだ木刀をかわされてよろめいたところへ、師範代に容赦《ようしゃ》なく尻をたたかれた。

「なんのこれしき！」

今度は木刀が宙を舞い、壁まで突き飛ばされた。

「……なるほど、剣の腕はまだまだのようだが、何か底知れぬものは感じるな。おぬしが入門を許したのもわかる」

「やはりそう思うか。底知れぬ何かを感じるうえに、身体中、痣《あざ》だらけにされても、負けじと必死に立ち向かってゆく。先が楽しみだ」

それから半刻《はんとき》（約一時間）ほど厳しい稽古を見物したが、左近が見る限り、雨宮の剣は、怪我人を出すほどの打ち込みには見えなかった。ただ、時折目に宿《やど》す光が、尋常ではない色を放つことが、少し気になった。

「本日はこれまで！」

泰徳が告げると、全員が見所に向かってあいさつし、それぞれが帰り支度をはじめる。

左近は泰徳と形《かた》の稽古をするつもりだったが、外が暗くなってきたので、またの機会にすることにした。

「左近、奥で一杯どうだ」

「いや、雪がひどくなる前に帰るよ」

「なんだ、付き合いが悪いな」

「そう言うな。また寄らせてもらう」

「そうか、では表まで送ろう」

「いや、ここで結構だ」

左近は軽く頭を下げて、玄関に向かった。

——おや……。

ふと、妙な気配を感じたのは、門を出た時だった。

家路につく門人たちの流れの中に、こちらをうかがう気配がある。気のせいではなく、確かなものだ。

これも、将軍家秘剣、葵一刀流を極めた左近だからこそなせる業《わざ》である。

強い殺気をはらんでいるが、左近は素知らぬ顔で、通りを北へ歩みはじめた。

旗本と御家人の屋敷が並ぶ通りに入ると、人通りは極端に少なくなる。これだと、跡をつける者は気づかれぬよう距離を空けるしかない。

思ったとおり、徐々に離れていく。

辻《つじ》を左に曲がり、大川に向かう道に入ると、前から御家人風の三人組が歩いてきた。

——見かけぬ顔。

といぶかしんでいるのは三人組のほうで、雪が舞う空の下で藤色の着流し姿の左近は、連中から見れば怪しい人物なのだろう。

すれ違いざまにじろりと一瞥《いちべつ》をくれたが、それだけだった。

左近がふと、足を止めた。

前方の四辻《よつじ》から現れた男に、目がとまったからだ。
小雪が舞っているが、風は吹いていない。
黒装束《くろしようぞく》で、脛《すね》から裾を絞《しぼ》った踏込袴《ふんごみばかま》を穿き、顔を頭巾《ずきん》で覆《おお》っている。
忍びではないようだが、それにしても、凄まじい殺気を放っていた。
左近がその場にとどまっていると、相手が動いた。
――刺客か。
安綱に手をかけると、相手は刀を引き抜いた。
「ぬぉぉ」
脇構《わきがま》えにして走り寄ると、さっと一文字に刀を寝かせ、胴を一閃《いっせん》してきた。
鋼《はがね》がぶつかる音が響き、両者が分かれる。
だが、敵はすれ違いざまに背を返し、
「とう！」
左近の背をめがけ、袈裟《けさ》懸《が》けに斬り下ろしてきた。
気を読んでいた左近は紙一重《かみひとえ》で切っ先から逃れたが、敵の動きの速さといい、
刃風《はかぜ》の勢いといい、ただ者ではない。
背を返した左近が、安綱を正眼に構えた。

ゆらりと構えているが、身から発する気迫は凄まじい。

「おのれ!」

上段から斬り下ろそうとした敵が、左近が安綱の切っ先をつと前に出したので、慌《あわ》てて身を退《ひ》いた。

「くっ……」

「それだけの腕があるなら、今さら道場に入門せずともよかろう」

「……!」

覆面の奥に光る目が、大きく見開かれた。

剣を交えた左近は、すでに相手の正体を見抜いていた。

刀をさばくその動きたるや、岩城道場でしごかれていた者とは思えぬが、内から発する気は、雨宮真之丞そのものである。

「真之丞、なぜおれを狙う」

「黙れ、上様の命を狙う不届き者め!」

「上様だと。貴様、石川の手の者か」

「黙れ!」

雨宮は言うなり、

「やあ！」

という気合と共に、上段から斬り下げてきた。返す刀で斬り上げ、中段で止めて鋭く突いてくる。

そのすべてを紙一重でかわした左近は、身体をひねって突きの刃《やいば》をかわしながら前に出て、安綱の柄《つか》で雨宮の胸を打った。

雨宮がその柄をつかみ、動きを封じようとしたが、

「うっ」

と、声をあげて手を放した。

跳び下がって間合いを取り、安綱を見つめて呆然《ぼうぜん》と立ちすくんでいる。

金無垢《きんむく》鎺《はばき》に刻印された、葵《あおい》の御紋《ごもん》を見たのであろう。

「何を言われたか知らぬが、おれは上様の命など狙いはせぬ。世を乱そうとしているのは、石川のほうだ」

「……お前はいったい、何者だ」

「おれか、ただの浪人だ」

雨宮は動揺したのか、足を一歩引いた。

「しかし、その太刀《たち》は……」

「貴様は、石川の家来か」

左近の厳しい声に、雨宮は脱力して刀を下げた。

「お前を殺さないと、姉が死ぬのだ……」

言って、ふたたび刀を構えた。

だが、すでに殺気を放っていない。

左近は安綱をぱちりと鞘《さや》に納めた。

「何かわけがあるなら話してみろ。力になるぞ」

「……」

じりじりと後ろへ下がった雨宮は、さっと背を返し、雪に煙《けぶ》る辻を走り去った。

すると、左近の背後から、音もなく人影が近づく。

町人の格好をした小五郎が、ちらりと見て顎《あご》を引いたので、左近も顎を引き、追跡の許可を出した。

雪がひどくなったようだ。

左近は空を見上げて、三島屋に向かって歩み出した。

武家屋敷が並ぶ通りに人影はなく、斬り合いに気づいて顔をのぞかせる中間《ちゅうげん》もいない。

雨宮の正体は、小五郎が突き止めてくれるだろう。

そう思いながら歩んでいると、前から武家の女中らしき女が歩いてきた。

雪に降られ、先を急いでいる様子の女とすれ違った時、左近は奇妙な匂いがすると思ったが、瞬《まばた》きをするほどの短いあいだに目がぼやけ、めまいに襲われた。

「ぬう」

辻灯籠《つじどうろう》にもたれかかり、転倒は免《まぬが》れたが、背後に強烈な殺気を感じて灯籠を楯《たて》にした。

ぼやける視界に、女中が着物を脱ぎ払う姿が見えた。黒装束に身を固めた忍びが背中の刀を抜き、猛然と向かってきた。

灯籠ごと左近を斬ろうという勢いで、白刃《はくじん》が迫ってくる。

左近は無意識のうちに抜いた安綱で刃を受けた。斬られはしなかったが、曲者《くせもの》の背後で、ものの見事に切断された辻灯籠が音を立てて崩れ落ちた。

「何奴だ」

「…………」

黒覆面の曲者は無言だった。

雨宮ではないことは、気でわかる。そもそも、今小五郎が追っているはずだ。

相当な修羅場《しゅらば》を潜った者らしく、恐ろしいほどの殺気を放っていた。

安綱で敵の刀を受け止めているが、恐ろしいほどの力で刃を押し、左近の首を斬ろうとしてくる。

左近は手足が痺《しび》れはじめていた。全身に大量の汗が浮かんでくる。両手に渾身《こんしん》の力を入れているつもりだが、敵の刃が徐々に迫ってきた。

覆面の奥にのぞく目が、ぎらりと輝いて見えた。

人を殺すことを楽しむ者が見せる、恐ろしい目をしている。

――斬られる。

そう覚悟した時、横から唸《うな》りを上げて何かが飛んできた。

「ぐう」

曲者の力が急激に弱まり、次の瞬間には後ろに跳んで離れていた。

その左腕に、深々と手裏剣が突き刺さっている。

次々に飛んでくる手裏剣を刀で払い飛ばし、一瞬の隙《すき》を突いて背後の塀に跳び上がると、そのまま逃げ去っていった。

視界が暗くなった左近は、耐えかねてその場に倒れた。走ってくる足音が聞こえたが、そのまま気を失ってしまった。

四

ひそひそと人の声がするが、何を言っているのか、誰の声なのかもわからない。

目の前が暗く、夜なのか昼なのか、目を開けているのかさえ不明だ。

朦朧《もうろう》とする意識の中で、布団に寝かされていることだけはわかる。

身が凍ってしまいそうな寒さを感じ、着物を脱がされる感覚と、柔らかい肌の感触と温もりに包まれて、ふたたび闇の中に落ちた。

それからどれほどの時が過ぎたのだろうか。

衣擦《きぬず》れの音で目がさめた。

焼き板の天井に、薬草の独特の匂い。

「ここは……」

「おお、気がつかれましたな」

西川東洋が手を伸ばし、瞼《まぶた》を開いて観察した。次に口の中を見て、脈を取る。

「手足に痺れはありますか」

「いや、ない」

「うむ、もう大丈夫です。お琴さんの看病のおかげですよ」

「お琴が」

東洋が耳元に顔を近づけ、お琴が身体を温め続けてくれたことを伝えた。

「今は、別室で休ませております る」

左近はあの日から、三日三晩も眠り続けたのだが、その間ずっと、お琴がそばで看病していたらしい。

曲者から左近の身を救ったのは、吉田小五郎配下の、かえでだった。

三島屋の隣で煮売り屋を営む小五郎の女房を装《よそお》っているが、甲州忍術を極める凄腕《すごうで》の女忍びである。

先祖は武田信玄《たけだしんげん》公に仕《つか》えた忍びであるが、織田信長《おだのぶなが》によって武田が滅《ほろ》びると、百姓に身を落として甲府の山奥に隠れ住んでいた。

かえでが生まれたのは現将軍徳川家綱の世であり、甲府は左近の実父、徳川綱《つな》重《しげ》の領地であった。

山奥に潜《ひそ》み暮らしていた甲州忍者が綱重によって見出《みいだ》され、ふたたび活動をはじめた頃に、かえではこの世に生《せい》を享《う》けたのだ。

忍び技は両親から仕込まれたものらしいが、その技術は、小五郎も一目置いているほどである。

「殿、かえでがあれに控えております」

東洋が、そっと教えてくれた。

左近は顎を引くと、視線を足下《あしもと》に向けた。

「かえで」

「ここに」

部屋の隅から染み出るように、暗がりからかえでが現れた。

忍び装束ではなく、藍染の小袖を着た町娘の姿だ。

瓜実顔《うりざねがお》のはっきりした顔立ちの美人であり、かえでを目当てに煮物を買いに来る男の客が多い、と小五郎が言っていた。

「殿、申しわけございません」

床で横になる左近の足下で、かえでが平伏した。

「かえで、頭を上げてくれ。よう助けてくれた。感謝しておるぞ」

「いえ……殿を危険な目に……」

「もうよいのだ。して、おれを襲った奴を見たか」

「おそらく、甲賀者《こうがもの》ではないかと」

「やはり、例の百鬼組か」

「頭《かしら》の善光を倒しただけでは、あの者たちを黙らせることはできなかったようです。油断しておりました」

百鬼組とは、その昔、豊臣《とよとみ》家に仕えた甲賀忍者の精鋭《せいえい》である。今は、左近の命を狙う石川乗政一派に雇われているらしい。

以前、左近は、その百鬼組の頭目《とうもく》である善光と剣を交え、これを討ち果たしている。だが、百鬼組の中には、まだまだ手練《てだれ》の忍びが残っているようであった。

「若年寄め、余《よ》を殺そうと焦《あせ》っているようだな」

「わたくしめに、成敗のお指図を」

「いや、奴の背後にいる者がわからぬ限り無駄なことだ。石川を殺しても、また次の者が出てこよう」

「はは」

「それだけ、黒幕が大物ということだ。それにしても、こたびの刺客は恐ろしい相手だ。いつ毒を飲まされたのかわからぬ。剣も相当な遣《つか》い手《て》だ」

「剣はともかく、毒はわかりましたぞ」

二人の会話を聞きながら調べごとをしていた東洋が、厳しい表情で口を挟んできた。

「毒は飲まされたのではなく、嗅《か》がされたのです」

「なんと」

「ごく微細《びさい》な粉末か、あるいは霧状《きりじょう》にしたものか。強力な痺れ薬で敵を弱らせ、刀でばっさり斬るのが奥の手なのでしょう」

「甲賀か」

「わかりませぬ。毒の成分は判明しましたが、これを甲賀が使うとは聞いたことがありませぬから」

「忍びが使う薬物に精通《せいつう》した東洋先生でも、わからぬことがあるのですか」

思わず口を挟んだかえでに、東洋が苦笑した。

「これ、かえで。わしは医者じゃぞ。忍びの者がこしらえる毒をすべて知っているはずがなかろうが」

「ごもっともで」

「ただ、一度知った毒は忘れず覚えておる。毒消しをこしらえるのは得意じゃからな」

こたび左近の命が助かったのも、その毒消しのおかげだ。

ただし、使われた毒が猛毒であったならば、今頃は命がなかったかもしれない。

「これを、お持ちください」

小豆《あずき》ほどの大きさの薬粒を入れた印籠《いんろう》を渡された。

「気付け薬のような物です。くれぐれも、身辺にはお気をつけください」

「わかった」

「殿……」

声がして、かえでの背後から人影が染み出てきた。

「小五郎か」

「雨宮の素性《すじょう》がわかりました」

「うむ」

「やはり、石川に操《あやつ》られていたようです」

「操られているとは、どういうことかな」

東洋が訊くと、小五郎が顔を向けた。

「雨宮には文江《ふみえ》と申す姉がいるのですが、この姉が、高価な薬がないと生きられぬようです」

東洋がぎくりとした。

「まさか、魔薬《まやく》ではあるまいな」

「……いえ、胸を患《わずら》っているらしく、薬が切れると息ができなくなるとか」

「ふむ、なるほど。それならば、確かに漢方の薬でよくなると思うがな」

左近が問う。

「値が張るのか」

「まあ、清国《しんこく》から仕入れた物ですと、お高いですな」

小五郎が言う。

「石川がその薬を与えるかわりに、雨宮に殿の暗殺を命じたようです。さらに、殿が上様の命を狙う極悪人だと吹き込み、その気にさせたようで」

「そうか……で、暗殺をしくじった雨宮は、今どうしている」

「深川の鳴海屋に潜み、岩城道場にも顔を出しております」

「石川との繋ぎは取っていないのか」

「一度だけ石川の屋敷へ行きましたが、しくじったことを咎《とが》められ、お家再興もなきものと心得よ、と追い返されたようです。いえ、放り出されたと言ってもよいかと」

「駒《こま》にされて、捨てられたか……」

「お家再興とは、元は武家か」

東洋が尋ねると、小五郎が顎を引いて続けた。

「石川家に奉公する中間から聞き出した話では、雨宮の父親は石川家の家来だったようです。ですが、お家の金を盗んだ罪に問われ、二年前に切腹させられております。姉弟は命を助けられましたが、お家から追放され、それ以来、鳴海屋で暮らしてきたようです」

「その追放した姉弟の面倒を、石川は見ていたのか」

「はい。雨宮の剣の腕を、高く買っていたようですから」

「なるほど、闇の仕事をさせるために、そばにとどめておいたのだな」

「おそらくは……」

「見放されたのでは、姉の命が危うかろう」

左近は言い、東洋の顔を見た。

東洋はわざとらしく咳《せき》をして、顔を背《そむ》けた。

自分の命を狙った者の心配をする左近に、呆れているのだろう。

ふと——。

気配を察して、小五郎とかえでが軽く頭を下げて闇に溶け込んだ。それと同時に襖が開けられ、お琴が白い顔をのぞかせる。

途端に東洋が微笑みを浮かべた。

「おお、これは、よいところに……」

「はい？」

「……いやいや、こちらのことじゃ。それよりお琴ちゃん、よく眠れたかな」

「はい、先生。ありがとうございます」

「礼を言うのはこちらだ。新見様の身体を温めてくれてたのじゃからの」

お琴が下を向いて、顔を赤くする。

愛情の籠《こ》もる眼差しで、左近が柔らかく言った。

「お琴」

「はい」

「命を救ってくれた礼をしたいのだが」

「わたしは、当然のことをしたまでです。お礼などいりません」

「そうですとも。水臭《みずくさ》いことを申しては、お琴ちゃんに失礼ですぞ」

ほっほっほ、と呑気に笑いながら、東洋が部屋から出ていった。

「あの、ご気分は……」

看病のためとはいえ、素肌を密着させていたことが恥ずかしいのか、お琴は他人行儀な言い方をする。

「もう大丈夫だ。夜が明けたら帰ってもいいと言われた」

お琴は安心したようにうなずくと、

「どうして、左近様がこのような目に遭《あ》われたのですか」

生まれは武家の娘、そして雪斎に育てられただけあって、厳しい目で訊いてきた。

「それがな……よくわからぬのだ」

そうとぼけていると、お琴が左近のこころの中をのぞくように、まっすぐ見つめてくる。一片の曇りもない輝きを放つ目に吸い込まれそうになり、左近は別な意味で、動揺していた。

あの温かくて柔らかい肌の感触を思い出したからだ。

「お琴……」

「はい……」

突然、襖が開き、東洋が酒徳利《さかどくり》を提《さ》げて現れたので、二人はぎょっとした。

「ああ、お邪魔したかな」

などとさらりと言い、左近の前であぐらをかいた。

「辻斬《つじぎ》りですな」

いつから話を聞いていたのか、東洋がお琴に言った。

「辻斬り？」

「さよう。あのあたりは柄《がら》の悪い武家が多いから、新刀を手に入れたどこぞのぼんくらが人を斬りたくなったのかもしれん。新見様があまりにお強いから、逃げる時に妙な薬を振りまいたのでは」

「まあ、ひどいことを……左近様、どうして、そのような危ないところに行かれたのですか」

「いや、たまには違う道を歩いてみようと思ったのだ」

将軍家の世継ぎ争いで命を狙われているなどと言えるはずもなく、左近が東洋に話を合わせると、お琴がうっかり口を滑らせた。

「だからあの時、わたしと一緒に帰っておけばよかったんですよう」

「うん？　あの日、お二人は一緒だったのか」

「え！　ま、まあ……」

妖しげな料理茶屋に行ったことを思い出したのか、お琴が必死になってごまかした。

「どうなさった、二人で赤い顔をされて……新見様？」

「あの日は、二人で、その……」

「その？」

「天気がよかったから、二人で出かけただけだ。いかがわしいところへなど行ってはおらぬ」

「いかがわしいところへ、ですか」

東洋が探るような目を向けてきた。

「だから、行ってはおらぬと申しておる」

「わっはっはっは。若いというのはいいですな。いろいろな物を見て聞いて、危ないこと以外なら、何をなされてもよいのです。ただし、節度は大切ですぞ」

説教じみたことを言う東洋である。

「さあ、これを飲んで、今夜はゆっくり休みなさい」

「酒など飲む気分ではない」

「ご心配無用。これは我が秘薬ですから」

言われるまま飲むと、確かに酒ではないようだが、こころが安らかになり、眠くなってきた。

「お琴、今夜はここへ泊めてもらおう。明日、共に帰ろうな」

「はい」

「戸締まりは厳重にしてありますので、安心して休まれるがいい」

左近はその言葉を最後まで聞くことなく、深い眠りに落ちていった。

五

その夜、西川東洋は駕籠《かご》を雇い、深川に向かった。

時刻は夜の四つ（午後十時頃）。

世間はそろそろ眠りに就《つ》く頃だが、ここ深川は、まだまだこれからといった具合ににぎわっている。

鳴海屋の表に駕籠をつけさせると、三十そこその男が腰を低くして現れ、

「いらっしゃいまし。先生、今宵《こよい》はお泊まりでござんすか」

と、医者姿の東洋を見て、にこにこと言う。

手拭《てぬぐ》いを髷と月代《さかやき》のあいだに挟み、若草色の派手な羽織《はおり》と茶の股引姿《ももひきすがた》の男は、客を引いてなんぼの呼び込みである。

東洋は心得たもので、男の手に一分金をにぎらせると、

「ここにな、文江と申すおなごがおるかえ。弟も一緒に暮らしている」

すけべえ顔で莞爾《かんじ》と笑った。

「ええっと、ふみえふみえ」

空を見上げる男の手に、もう一分金をにぎらせた。

「あっ、思い出した」

などと男は調子よく答える。

「いますよう、確かに。文江じゃなくて、胡蝶《こちょう》でさ」

「そうか、胡蝶と申すか。ではの、今宵はその胡蝶に、添い寝をしてもらいたいのじゃが」

「あい。お一人様、ごあんなぁい」

なんとも安っぽい部屋に通されて、そこらじゅうから聞こえる女のあえぎ声を

聞きながら酒を舐《な》めていると、障子の向こうで訪《おとな》う声がした。

「入りなされ」

顔をのぞかせた女は、想像していたよりふくよかな顔をしており、胸を患う病人とは思えぬほど艶《あで》やかであった。

顎から首にかけて白粉《おしろい》を塗り、真っ赤な紅をさした唇が、ぬめぬめと濡れ光っている。

「そなたが、噂の胡蝶か」

「あい」

「ふむ、なかなかの美人じゃな。とても、病人には見えぬわえ」

「……はて、なんのことやら」

「新見左近の使いで来たと申したらわかるかの、文江殿」

途端に、胡蝶の顔がこわばった。そして、胸を押さえて、ぜいぜいと息をしはじめる。

苦しげに息をする文江の背をさすってやり、

「心配はいらぬ。わしはな、ただの医者じゃ。この薬を、お前さんに届けにまいったのよ。これをな、鼻から吸い込め」

粉末の薬を出してやると、文江は目を丸くしながらも、素直に従って鼻から吸い込んだ。

「どうじゃ、楽になったか」

粉にむせて咳をしながらも、見る間に呼吸は楽そうになった。

「はい、おかげさまで、楽になりました」

「そうか、それはよかった。これを置いておくから、苦しくなったら、今の要領で吸いなさい」

立ち上がり、帰ろうとする東洋の着物の裾をつかむと、

「あの、お話を聞かせていただけませぬか」

文江がすがるような目を向けてきた。

「ふむ、仕方あるまい」

東洋は座りなおして、杯《さかずき》を舐めた。

「新見左近様の使いと申されましたが、どうしてこのようなことを」

「命を狙うたのに、どうして助けるのかと言うか」

「………」

文江はとぼけるように、顔を背けた。

「雨宮真之丞は、そなたの弟であろう」

「……………」

文江が襖の向こうを気にして視線を向けた。それを見逃さなかった東洋は、そ奴にも聞こえるように声音《こわね》を大きくした。

「……まあよい。だがの、新見様の命を狙うは、天道《てんどう》に背くことと心得よ。あのお方は上様の命を狙うどころか、世の安寧《あんねい》のために、懸命になっておられる。この江戸の庶民が困っておれば、命をかけて悪と戦い、世を乱すまいと必死なのじゃ。現にこうしてわしがここへ来たのも、おぬしら姉弟が若年寄に見捨てられたと知った新見様が、おぬしの命の心配をされたからじゃ。わかるな、文江殿」

文江は両手をつき、真剣な顔を向けた。

「今ひとつ、お教えください」

「なんじゃな」

「新見様のお刀には、葵の御紋が刻《きざ》まれていたと。あのお方はいったい……」

「ふむ、それは言えぬな」

「……………」

「ああ、そうそう。今日の薬代はな、十六文ほどいただくぞ」

「たったの……それだけでよろしいのですか」

東洋はうなずき、声を潜めた。

「わしはな、こう見えても甲府藩に出入りを許された医者での。藩公綱豊様から過分な手当てをいただいておるから、患者に渡す薬を安くすることもできるのじゃ。おかげで、診療所は大忙しよ。ほほほ」

頭を下げていた文江が、驚いた顔を上げた。

「まさか……」

「さあ、そろそろ帰らないと。このように艶《なま》めかしいところは、この年寄りには少々毒だわえ」

「先生」

「うん？」

「どうか、どうか綱豊様に――」

「これ」

東洋が他言無用と、口に指を当てた。

「……新見様に、くれぐれもよろしくお伝えくださいまし」

「うむ。真っ当に生きておれば、きっとそなたらの悲願も叶う時が来る。弟にもそう伝えてくれ」

「先生、ありがとうございます」

「薬がなくなる前に、診療所に来るのだぞ」

東洋は小声で、場所を教えた。

深々と頭を下げる文江に見送られて、東洋は駕籠に乗って上野に帰った。


翌朝、新見左近は朝餉の膳《ぜん》の前に座ると、東洋に目を向けた。

「先生、昨夜は、世話になったな」

東洋がうぉっほんと咳をして、

「はて、何かございましたかな」

などと、とぼけた。

「さあ、お琴ちゃん、遠慮なく食べておくれ」

「おいしそう。左近様、いただきましょう」

「うむ」

女中のおたえが用意してくれた朝餉は、しじみをたっぷり入れた味噌汁《みそしる》と魚の煮付けに、出汁巻き玉子《だしまきたまご》まである。

三人で食事をすませて診療所を出ると、お琴を三島屋まで送り、谷中のぼろ屋敷に帰った。

お峰の位牌《いはい》に手を合わせると、目をつむり、そのまま考え込んだ。

——おれの暗殺をやめさせるには、どうしたらいいものか。

元々将軍になぞなる気がないのだから、命を狙われるのは迷惑な話。

いっそのこと上様にお目通り願って、次期将軍候補からはずしていただくよう直談判《じかだんぱん》するか。

——叔父《おじ》の綱吉様が西ノ丸《にしのまる》へお入りになれば、ことはすむに違いないのだから……。

声がしたような気がして、ふと我に返った。庭で小鳥がさえずっている。

「おらぬのか、左近」

玄関で訪う声がした。

聞き覚えのある声にいやな予感がしたが、居留守を使うわけにもゆかず、出迎えようとすると、向こうから廊下をずかずかと歩いてきた。

「なんだ、いるではないか」

「これは、義父上《ちちうえ》」

地味な着物に袴を穿いた隠居風の老人こそ、甲府藩家老にして左近の育ての親、新見正信である。

「聞いたぞ、左近！」

「はあ？」

正信は左近の正面に座った。

「何があったのか、詳しく話してもらおうか」

「なんのことです」

「とぼけずともよい。東洋からあらかた聞いておるでな。襲ってきたのは、若年寄、石川乗政の手の者か」

「そうと決まったわけではありません。義父上、下手《へた》に動いてはなりませんぞ」

「しかしな、このままではおぬしの命が危うい。動くなと申すなら、せめて屋敷に戻ってはどうか」

「そのほうが、かえって狙われやすい。お忘れですか」

「啓蔵《けいぞう》と貴哉《たかなり》を殺されたこと、忘れるものか。だがな……」

共に、左近のよき家来であった。以前、百鬼組の襲撃により、惜しい命をなくしていた。

「小五郎とかえでがついておりますから、心配はいりません」

「まあ聞け」

「…………」

「石川乗政を侮《あなど》ってはならぬぞ。あの男、目的のためなら手段を選ばぬと聞く。ということは、どのような者を飼っておるかわからぬということだ」

「はい、心得ております」

「相手は毒を使うというではないか」

どうやら新見の父には、雨宮の一件のほうは知らされていないようだ。

それでよい、と左近は思った。

「聞いておるのか、左近」

「……はい。百鬼組とか申す、甲賀者の集団がそうです」

「うむ、剣の勝負なら負けはすまいが、毒となると厄介《やっかい》ではないか」

「東洋が毒消しを作ってくれます」

「それとて、相手の毒を手に入れてからの話であろう。現におぬし、殺されかけたそうではないか。このままでは、夜もおちおち眠れぬぞ」

「ぐっすり寝ておりますよ」

「このわしがだ！」

正信は、父親が息子を叱《しか》るように怒鳴った。

「……義父上」

「なんじゃ」

「この綱豊、上様に拝謁《はいえつ》いたし、次期将軍の件を辞退申し上げようかと考えております」

左近が綱豊と言ったものだから、正信はぎょっとして、

「殿、それはなりませぬぞ」

思わず言葉遣いを改めて、頭を下げた。

「押さえつけるために、綱豊の名を出したのではありません。面《おもて》をお上げください、義父上」

「では……」

まっすぐ向けられた目は、若き主君を慈《いつく》しむものだった。

「殿、次期将軍のことは、誰にも口出しができぬこと。辞退するだの、誰にするがよろしいだのと申しても、最後は、上様がお決めになることですぞ」

「噂だけで命を狙われてもですか」

「敵も必死。綱吉様を将軍の座に据《す》えるまでは、脅威《きょうい》となる者の命を狙ってきましょう」

「ですから、辞退を申し上げに──」

「左近、いえ、殿。上様は、弟、綱吉様の性格を疑っておられます。殿がご辞退を申し上げても、受けてはくださいませぬ。現に上様は、そのことを大老酒井様に申されております。我が甥、綱豊の病気が治るまで、余の跡継ぎを決めぬと」

「なんと」

「つまり、すでに上様は、綱豊様を跡継ぎにすることを、こころに決めておられるということではないかと……」

「……困った。おれは、将軍になぞなりとうはない」

「上様がお決めになることとです」

あきらめろと言わんばかりの正信の態度に、左近は憮然とした。

「このままでは、幕府内に騒乱が起きるぞ」

「膿《うみ》を出すには、ちょうどよいかと」

正信は不敵な笑みを浮かべた。

これは上様の意志だと、左近は直感した。

「ふっ、なるほど。江戸市中に巣食う悪党どもと同じように、幕府内の悪も退治しろということだな」

「はて……」

「おもしろい。では義父上は、若年寄の身辺を探ってください。背後にいる黒幕が誰であるか、突き止めるのです」

「わ、わかり申した」

「ただし、くれぐれも、こちらの動きを気づかれぬように」

「うむ」

左近は安綱をにぎった。

「どこへ行かれる」

「江戸に潜む鬼を、退治しにゆくのですよ」

ぼろ屋敷を出た左近は、不忍池《しのばずのいけ》に向かって坂をくだった。

池のほとりの、人気《ひとけ》がないところを歩んでいると、背後から大工姿の小五郎が追いついてきた。

そして、追い抜き際に、左近は小声で指示をくだした。

小五郎は何もなかったように追い越すと、小走りで浅草方面に去っていった。

この時、左近は刺客を捜し出すよう命じたのだが、刺客は、後日、思わぬところでその姿を現した。

六

あの日、左近を襲撃した者は、案内役の者に知らされたとおり、石原町に行き、物乞いに化けて岩城道場を見張っていた。雪斎が道場の門前で感知した強烈な殺気は、実は、この物乞いが放つものであった。

名を、鬼翔丸《きしょうまる》という。

百鬼組に名を連ね、播磨《はりま》を拠点に、忍びの仕事をしていた。

善光が十の指に入れていた者だが、諜報《ちょうほう》、暗殺はもちろんのこと、金次第ではなんでもする男である。ただ、己のためなら仲間を平気で裏切る気性が災《わざわ》いし、配下になる者がいない。

ゆえに一人で行動するのだが、こたびは、それが仇《あだ》となったようだ。

かえでに左腕を貫《つらぬ》かれた鬼翔丸は、とある宿に潜み、傷が癒《い》えるのを待っていた。だが、若年寄、石川乗政の命を受け、仕方なく深川の女郎屋にやってきたのだ。

　小僧と女を殺すことなど、鬼翔丸にとっては造作《ぞうさ》もないこと。

　ここでひと仕事を終えて、傷が癒えたら、ふたたび、あの男、新見左近を襲い、斬り殺すつもりである。

　繁盛している女郎屋らしく、こうしているあいだにも、いたるところから女の嬌声《きようせい》が聞こえてくる。

　その異様な雰囲気の中で、鬼翔丸は指名した胡蝶が来るのを待っている。来れば、たっぷり身体を味わったあとに殺し、弟をおびき出して仕留めるつもりだった。

「それにしても、忌《い》まわしい」

　言いながら、鬼翔丸は激痛が走る腕を睨《にら》みつけるようにして、血がにじむ晒を解いた。

　小さな燭台《しよくだい》を引き寄せ、頼りない明かりで傷口を確かめると、悔しげに唇を嚙《か》みしめる。

　切れ長の目に、みるみる殺意がみなぎってゆく。

「邪魔さえ入らねば、今頃は旨《うま》い酒を飲んでいたろうに」

かえでの手裏剣に貫かれた傷口は消毒をして縫い合わせているが、皮膚が盛り上がり、青黒く変色してきている。

鬼翔丸は腕を鼻に近づけて、顔をしかめた。

「腐っておるわ」

言い捨てると、腰の小刀を抜き、迷うことなく傷口を切り開いた。


「な、なんだ、今の声は」

秋太郎は、びくりとして動きを止めた。腹の下で嬌声をあげていた女が、首に手を回して抱きかかえた。

「なんでもないですよう、旦那」

「待て、今のは男の悲鳴だ。何かあったのではないか」

「ちょっと旦那ぁ、どこ行くんですよう」

「待て待て、すぐ戻ってくる」

秋太郎は女の赤い襦袢《じゅばん》を肩にかけ、刀を持って廊下に出た。

すでに声はなく、聞こえてくるのは、ことを再開した女の声ばかりである。

「なんでもなかったか」

首をかしげながら背を返すと、目を大きく見開いた雨宮が立っていた。

「わあ。な、なんだ。脅かすなよ」

「弘前様こそ、このようなところで何を」

雨宮は、赤い襦袢姿の秋太郎を上から下まで見ると、また目を丸くした。

「まさか、ここでお遊びになられているので」

「お前こそ、遊びに来たのであろう」

「お忘れですか。ここはわたくしと姉が世話になっているところでございますよ」

「そうであったかの。まあ、気にするな。今日の相手は、おぬしの姉上ではあるまい。それよりな、今妙な叫び声がしたのだ」

秋太郎は、話をそらそうとした。

「はあ？」

「そこの部屋だ。叫び声がしたのだが」

秋太郎が障子に耳を近づけて様子をうかがっていると、突然中から、白刃が突き出された。

秋太郎は、何が起きたのかわからなかった。痛みで見開いた目を下に向け、己の足に突き刺さる白刃をにぎる。

するとさらに、突き入れられた。

「いっ――」

「秋太郎さん！」

雨宮が近づこうとしたその時、障子を突き破って出てきた鬼翔丸が、刀を引き抜くと、袈裟懸けに秋太郎を斬ろうとした。

辛《かろ》うじて刀で受け止めた秋太郎だが、足をやられた状態では身動きが取れない。

「ひ、ひい」

鞘に入れたままの刀を振り回し、必死に抵抗している。

薄暗い廊下に倒れた秋太郎の向こうに、青白い顔をした男が立っていた。

「おのれ！」

雨宮が刀を抜き、正眼に構えた。

黒い着物を着た鬼翔丸は、左腕から鮮血を垂らしながら、薄笑いを浮かべている。

「ば、化け物め！」

騒動を聞いて出てきた女郎たちが、悲鳴をあげて逃げ出した。

客の男も着物を丸めて前を隠し、腰が抜けんばかりに下へ降りてゆく。

鬼翔丸は微動だにせず、右手だけで持った刀をだらりと提げている。

恐ろしいほどの殺気を放っているが、雨宮は怯《ひる》まない。

「えい」

雨宮が刀を突き出した。狭い廊下での戦い方を、心得ている。

連続して突き、相手に反撃の機会を与えない。左手が不自由な鬼翔丸は防戦一方だが、視線はしっかりと、雨宮の目に向けられている。

雨宮は、軽くあしらわれていることに苛立《いらだ》ち、恐怖した。

「やあ！」

渾身の力を振り絞り、上段から打ち下ろした時、下から刀を弾き上げられた。

負けじとふたたび打ち下ろそうとしたが――。

――うッ。

左肩に刃が食い込んだ。一瞬だけ、鬼翔丸のほうが速かったのだ。

「お、のれ」

引かれたら、深々と斬られてしまう。

させてなるものかと、雨宮は刀を捨てて左手で白刃をにぎり、相手を壁に押し当てた。身体の位置を入れ替えようとする鬼翔丸の首を、右手で押さえつける。

鬼翔丸が眉間《みけん》に青筋を浮かべて、刀に力を入れてきた。

肩に走る激痛に叫び声をあげながら、雨宮は鬼翔丸の喉《のど》に親指を当て、力を込めて潰した。

ふぐ——。

不気味な声を出した鬼翔丸は、血を吐いて白目をむくと、崩れるようにその場にうずくまった。

共に倒れた雨宮は、鮮血が噴き出る肩を押さえてもがいている。

「雨宮！　しっかりせい！」

秋太郎が這《は》い、雨宮の肩を押さえた。

「誰か！」

階段から駆け上がってきた雨宮の姉の文江が、

「真之丞！」

と、悲痛な叫び声をあげた。

「医者だ！　医者を呼んでこい！」

七

新見左近が鳴海屋の事件を聞いたのは、夜中であった。

小五郎が手下を走らせ、左腕に傷を負った刺客を捜させている時に、この事件が起きたのだ。

「治療が間に合い、秋太郎殿と雨宮の二人とも、命に別状はないとのことです」

「うむ」

「それから、奉行所では、物取りの仕業《しわざ》として処理し、二人はお咎めなしとしたようにございます」

「二人が仕留めたのは、おれを襲った者に違いないのだな」

「はい。左腕に、かえでが放った手裏剣の傷がございました」

「かえでの物だとどうしてわかる」

「傷口が、我ら甲州者が使う秘薬により腐っておりましたゆえ」

「なるほど、そうか」

ぼろ屋敷の居間に炭火が熾《おこ》り、鉄瓶《てつびん》が湯気を上げている。

小五郎に茶を淹《い》れてやりながら、左近は怒りを抑《おさ》えていた。

「……小五郎」

「はい」

「これを飲んだら、余についてまいれ」

「いずこに」

「来ればわかる」

左近の怒りを察した小五郎は、黙って茶を飲み干した。


夜の闇が白みはじめる頃。

広大な敷地の中にある御殿屋敷は静まり返っている。奥の間は、屋敷のあるじが静かな寝息を立てるだけで、警固《けいご》の者すらいない。

冷たい白刃を頬に当てられたあるじは、かっと目を見開いた。

「騒げば命はないぞ、石川殿」

「な、何者だ」

黒羽二重《くろはぶたえ》に覆面を着けた男が、ゆっくりと刀を引き、鞘に納刀《のうとう》した。

朝方の薄明かりの中で、納刀される太刀の、金無垢《きんむく》鎺《はばき》がきらりと光る。

石川はぎょっとした。

「ま、まさか、甲州様」

布団を蹴り飛ばし、慌てて平伏した。

「ははあ」

「甲州様は、病気療養中だ」

「…………」

「その病気療養中の者を、何ゆえつけ狙う」

「…………」

「そなたは以前、綱吉公に仕えていた。邪魔な綱豊を殺せと命じられたか」

「馬鹿な」

「そうよな。綱吉公はそのようなことを望まれるお方ではない」

「……はい」

「では、誰の指図で動いておる」

「…………」

「答えぬか、石川」

「ふ、あははは」

平伏している石川があざ笑い、背中から殺気がみなぎってきた。

「つまらぬ小芝居が仇となりましたな」

「何」

「おぬしは先ほど、甲州様はご病気と申した」

「いかにも」

「では、貴様は、若年寄の屋敷に忍び込んだ曲者。その命、頂戴《ちょうだい》つかまつる」

鋭い視線を上げ、

「誰かある！ 曲者じゃ！」

と大声をあげた。

いつもならば、すぐさま詰所から家来が飛び出るはずだが、

「曲者だ！ であえい！」

いくら叫ぼうが、静まり返っていた。

「無駄だ。今頃家来は、夢の中におる」

「な、に」

すうっと冷たい風が入ってきた。

仕事を終えた小五郎が、静かに障子を開けて片膝をついている。

この部屋以外のところでは、眠り薬が練り込まれた香が焚《た》かれていて、詰所の

家来たちだけでなく、朝の仕事に取りかかっていた女中や中間まで、ことごとく眠らされていたのだ。

忍び装束に身を固めた小五郎を見て、石川は目を見開き、固唾《かたず》を呑んだ。

覚悟を決めたらしく、正座して曲者を見上げた。

「殺すなら、早く殺せ」

「性根が腐った貴様でも、上様にとっては大事な家来。今日のところは、上様に免じて命は取らぬ」

「くっ――」

石川は両手をついて、がっくりとうな垂れた。

「のう、石川殿。命を取らぬかわりに、甲州様のために働いてくれぬか」

「………」

石川が、ゆっくりと面を上げた。

「何を、しろと」

「そちの背後にいる者が誰かは訊かぬ。その者に、甲州様は次期将軍になる気はないと伝えよ」

「ば、馬鹿な。天下の将軍になりとうはないと、申されるか」

「そうだ。甲州様は、徳川の世の下《もと》、天下泰平が続くことを願われておる。諸大名のあいだにいらぬ火種を抱えぬためにも、つまらぬ争いで公儀の屋台骨《やたいぼね》が揺らぐようなことがあってはならぬのだ」

「は、ははあ」

石川は平伏した。

「今ひとつ、そちからも上様によう申し上げて、綱吉公を跡継ぎに選ぶよう、説得をするのだ」

「こ、甲州様」

「何度も言わせるな。甲州様は根津の屋敷で臥《ふ》せっておられる。おれは、ただの使いだ」

「ははあ。では、この乗政、命を賭《と》して甲州様の命に従いまする、とお伝えくだされ」

「あいわかった」

曲者は、はずむような声で応じると、部屋から出ていった。

すると、それまで石川を圧迫していた無数の殺気が、潮《しお》が引くように消えたのである。

大きな安堵《あんど》の息を吐いた石川は、知らぬうちに全身に汗をかいていた。

こののち、石川乗政は幕府中枢にとどまり、将軍綱吉誕生後も、幕政に力を注ぐことになる。

その息子、乗紀《のりただ》は、綱吉の跡を継いだ左近（第六代将軍、徳川家宣《いえのぶ》）から厚い信頼を受け、お家は幕末まで続いたのである。

※

後日――。

お琴の家で庭を眺めていると、およねが井戸水を汲《く》みに来た。

「あら左近様、いつの間に」

「先ほど来たばかりだ。今日もよい天気だな」

「ええ」

眩《まぶ》しそうな目で空を見て、左近に笑顔を向けた。

「お昼、まだなんでしょう。今日は何がいいかしらね」

「およね殿が作る物なら、なんでもいただくよ」

「まあ、おかみさんと一緒の答え。でもね、それが一番困るんですよう」

「そうか。では、卵雑炊《たまごぞうすい》はどうかな」

「あい、それがいいですね。すぐに用意しますから」

にこやかな顔で台所に向かうおよねと入れ替わりに、裏木戸からお琴が帰ってきた。

左近に気づくと、明るい笑みを浮かべて、

「左近様、これ見てくださいよ」

「うん？　これは……」

「浅草寺前の安芸津屋《あきつや》さんで見つけたの。羽織《はお》ってみてくださいな」

「ふむ。なかなか温かい」

黒の上等な生地《きじ》で縫われた厚手の羽織だ。藤色の着物にもよく合う。

「これを、おれに」

「春が近いといっても、外はまだ寒いですから。温かくしないと」

「すまぬな。おれはどうも、こういう物に目が向かぬ」

お琴は嬉しそうにして、店に戻っていった。

昼餉に出された卵雑炊は、飯が黄色になるほど卵がたっぷり入れてあり、これに刻《きざ》み葱《ねぎ》と塩を振って食べると、こたえられぬ味だった。

満腹の腹をさすりながら、幸せな気分で茶をすすっていると、濡れ縁に、ことり――。

と、何かが落ちる音がした。

「あら、何かしら」

お琴が気づいて見に行くと、何かを拾い上げて首をかしげている。

「どうしたんです、おかみさん」

片づけの手を止めて、およねが訊いた。

「誰かの悪戯《いたずら》かしら……石が落ちていたわ」

「あらやだ。ここまで来たのかしら」

「何が来たの？」

「烏《からす》ですよ」

「からす？」

左近もつい気になって訊いてみる。

「烏が、石を落としたと申すか」

およねが苦笑まじりに答える。

「いえね、つい先日、烏が長屋のごみ溜《た》めを荒らしていたものだから、みんなでとっちめてやったんですよ。そしたら、どうしてかわたしにだけ仕返しをするようになって……昨日なんか、石ころを頭に落とされたんですから」

烏が、かあ、と鳴いたのは、まさにその時だった。

庭の垣根に止まって、こちらを見ている。

「恨《うら》めしそうな目をしているな。烏は閻魔《えんま》様の使いだとか」

「脅かさないでくださいよう、左近様。あたしゃ気味が悪くて仕方ないんですから」

「そうですよ。それに、烏は閻魔様の使いだけじゃなくて、吉兆《きっちょう》を呼ぶ鳥とも言われているんですからね」

「ほんと、おかみさん」

「そうよ。だから、いじめたりしたらだめなのよ」

およねがばつが悪そうな顔で首をすくめた。

「さて、おれは腹ごなしにそのへんを歩いてくるか」

「左近様」

「うん？」

「本所のほうへは行かないでくださいね」

お琴は今も、左近を襲ったのは辻斬りの侍だと思い込んでいる。

「ああ、浅草寺へ行くだけだ」

裏木戸から出て、浅草寺へ向かった。

風雷神門を潜り、まっすぐ五重塔へ歩んでゆくと、陰から小五郎が顔をのぞかせてうなずいた。

人気がないところへ足を運ぶと、左近は訊く。

「この石ころを繋ぎの合図にと申したのは、およねの一件を知っていたからか」

「あはは、鳥のことですね」

「すっかり気味悪がっていたぞ」

「先日、およねさんから話を聞いた時に、いい手が見つかったと思いましたよ。いつも呼びに行ったのでは、さすがに怪しまれますからね」

「確かにそうだな」

「およねさんには、しばらく怯《おび》えていただきましょう」

小五郎はそう言って笑った。

「で、どうであった」

「はい、殿が申されましたとおり、ご家老にすべてお伝えしました」

「雨宮姉弟のことは、万事おまかせくださいとのことです」

「うん」

「うむ、それはよかった」

左近の命を救ったとも言える働きをした雨宮真之丞は、その後、甲府藩に召し抱えられ、お家再興の念願が叶った。

もう一人の功労者である弘前秋太郎は、女郎屋に行ったことが露見して破談しかけたが、雨宮と共に酒を飲んでいただけだという証言のおかげで、なんとか場を凌《しの》いだ。

だが、それ以来、春恵殿に頭が上がらぬらしい。

いずれは、左近の計らいで本家の弘前家六千石を凌ぐ大身旗本になるのだが……それはまだまだ、先の話である。

「では、仕事に戻りますんで」

煮売り屋に戻る小五郎の背を見つめていると、左近の頭の上で烏が、

「かあ」

と鳴いた。

見上げると、すでに烏の姿はない。

頭の上には木の枝があり、梅の蕾《つぼみ》が開こうとしていることに気づく。
暖かい春は、すぐそこまで来ている。

双葉文庫

さ-38-15

浪人若《ろうにんわか》さま 新見左近《にいみさこん》 決定版《けつていばん》【二】

雷神斬《らいじんぎ》り

2022年2月12日　第1刷発行

【著者】

佐々木裕一《ささきゆういち》

【発行者】

箕浦克史

【発行所】

株式会社双葉社

〒162-8540 東京都新宿区東五軒町3番28号

［電話］03-5261-4818(営業部)　03-5261-4833(編集部)

www.futabasha.co.jp(双葉社の書籍・コミックが買えます)

【印刷所】

中央精版印刷株式会社

【製本所】

中央精版印刷株式会社

【フォーマット・デザイン】

日下潤一

ISBN978-4-575-67097-4 C0193

Printed in Japan